すべては、ラブレターから
はじまった。

こころを紡《つむ》ぐ、物語。

ラブレターStories《ストーリーズ》

イラスト　おと
ブックデザイン　BALCOLONY.
校正　LETRAS
協力　株式会社アークライト

# 目次

# プロローグ

　放課後の訪れを告げるチャイムが高らかに響《ひび》き渡《わた》った。静まり返る授業中の教室に一転、軽《かろ》やかなざわめきが戻《もど》ってくる。

「小岩井《こいわい》、あとは頼《たの》んだぞー」

　担任の先生は日直の私に軽く声をかけ、手短に締《し》めの言葉を投げかけると、そのまま教室を後にした。

　途端《とたん》に、まるで解き放たれた鳥たちのようにクラスメイトたちは動き出す。

　話し声や笑い声が飛び交う中、黒板の文字を消そうとした私は、窓際《まどぎわ》の席にいるまどかを見て駆《か》け寄った。

「ねえ、まどか、今日の放課後、空いてる？」

　まどかは筆箱を閉じながら顔を上げた。黒髪《くろかみ》が肩《かた》にさらりとかかり、彼女特有の落ち着いた雰囲気《ふんいき》が漂《ただよ》う。

「どうして？」

「みんなでカードゲームしようってなって。まどかもどうかなって思ったんだけど」

まどかは一瞬《いっしゅん》考えるように視線《しせん》を動かすと、申し訳なさそうに顔の前で手を合わせた。

「ごめんね。図書室に行かなきゃいけなくて。借りた本、今日返さないと」

「そっか……」

少し残念そうな声を漏《も》らすと、まどかはその表情を和《やわ》らげながら付け足す。

「でも、ゲームって永沢《ながさわ》くんも一緒なんでしょ？」

その名前を聞いた瞬間、胸が高鳴った。

「う、うん。ほかにも何人か」

「ふふ。そっか。楽しんでね」

まどかは私の慌《あわ》てた様子に気づいているのかいないのか、柔《やわ》らかな笑《え》みを浮《う》かべた。

永沢厚樹《あつき》は、小さい頃《ころ》から家族ぐるみで仲が良かった幼なじみだ。彼のことを意識するようになったのは、ある何気ない出来事がきっかけだった。

高校一年の冬、放課後の教室で先生に頼まれた段ボールを運んでいたときのことだ。

「あれ、文香《ふみか》。その段ボール、どうしたの？」

廊下《ろうか》を歩いていると、通りかかった厚樹が声をかけてきた。

「あ、厚樹。先生に頼《たの》まれて……」

言い終わる前に、彼はひょいと私の手から段ボールを持ち上げた。

「職員室でいいの？」

「あ、うん……ありがとう」

段ボールを軽々と抱《かか》えて歩く彼の背中を見ながら、ふと気づいた。

——いつの間にか、こんなに背が伸《の》びてたんだ。

それ以来、彼と話すたび、胸の奥《おく》がざわめくようになった。

あっという間に新学期を迎《むか》え、二年になった。同じクラスになった今も、彼に話しかけられるたびに心臓がドキドキする。

私はきっと、厚樹のことが好きなんだ。そんな自分の気持ちに気づいても、今の関係が崩《くず》れるのが怖《こわ》くて、とてもじゃないけど言えない。

私はクラスメイトと笑い合う厚樹を横目に見ながら、右手の黒板消しを持ち直した。


前日の日曜は、久しぶりに家族が揃《そろ》っていた。うちの家族は、父、母、妹の奈津美《なつみ》がいる。母とは血がつながっていない。けれど、とても仲良しだ。

「いいかげん、片付けてよね」と母から何度も怒《おこ》られていたコレクションが趣味《しゅみ》の父が、ついに重い腰《こし》をあげてリビングで片付けをしていた。何が入っているのかもよくわからない箱が、床《ゆか》にたくさん置かれている。テレビからは、軽快な音楽に合わせて踊《おど》るロボットのCM《シーエム》が流れていた。

「『お手伝いロボット』に、片付けも手伝ってほしいよ」

父は、散らかった箱を眺《なが》めながらぼやく。家事などを手伝ってくれる『お手伝いロボット』は、つい最近、実用化が始まって話題になっている商品だ。

「何言ってんの。うちはそんなの要《い》りません」

キッチンから母の声が聞こえる。

「母さん、地獄耳《じごくみみ》～」

父が苦笑しながら、近くにいた奈津美に小声で言うと、彼女もうなずくことで答えた。

大人しい奈津美は家でも無口だった。何か悩《なや》みでもあるのかと聞いてみたいけれど、中学に上がったばかりだからか話そうとしてくれない。小学生の頃《ころ》まではよく話していたのに、近頃は少し寂《さび》しさをおぼえている。

しぶしぶといった様子で片付けを再開した父は「お、いいもの見つけた。懐《なつ》かしいなぁ。

文香、これいるか？」と手のひらサイズの箱を見せてきた。

真っ赤な色の箱に、白い文字で【Ｌｏｖｅ《ラブ》 Ｌｅｔｔｅｒ《レター》】と書かれている。

「カードゲームなんだ。結構面白《おもしろ》いぞ」

そのとき、私はなぜか、このゲームに強く心惹《ひ》かれるものを感じていた。


朝の教室に柔《やわ》らかな日差しが差し込《こ》む中、私はカバンを机に置いた。まだ眠気《ねむけ》の残る頭で教科書を取り出していると、隣《となり》のクラスの果奈《かな》が明るい声で話しかけてきた。

「おはよー、文香。数学の教科書持ってない？　忘れちゃって」

「果奈、おはよう。持ってるよ」

カバンから数学の教科書を取り出して渡《わた》すと、果奈はふと私のカバンの中をのぞき込む。

「ありがとう。その箱、どうしたの？」

彼女の視線を追うと、昨日父からもらった真っ赤なカードゲームの箱があった。

「あ、これ？　果奈に見せようと思って持ってきたの。カードゲームなんだって」

「へぇ。なんかかわいいし、面白そうだね。やってみたい！」

果奈は真剣《しんけん》な顔つきで箱をじっと見つめる。彼女らしい几帳面《きちょうめん》な仕草に思わず微笑《ほほえ》んだ。

果奈は一年生の頃《ころ》からの友達で、しっかり者の優等生。だけど二年になってクラスが離《はな》れてからは、どこか元気をなくしているように見えた。学級委員長に選ばれてからは責任が増えたせいか、よく空虚《くうきょ》な笑顔を見せるようになったのだ。

でも今日は違《ちが》う。果奈の目が久しぶりにキラキラと輝《かがや》いているのがわかった。

「おはよう」

不意に背後から聞き慣れた声がして、心臓が跳《は》ねた。

「厚樹！」

振《ふ》り返ると、厚樹がこちらを見て立っていた。

「あれ？　それ、『ラブレター』ってゲームじゃない？」

「え……そうだけど。厚樹、知ってるの？」

私の驚《おどろ》きに、厚樹は目を輝かせて答えた。

「知ってる！　有名だし、面白そうだからやってみたかったんだよね。放課後やろうよ」

「いいね！　私もやってみたい。文香、やろうよ！」

果奈が箱を手に取り、カタカタと振りながら楽しそうに笑う。

「……う、うん。いいけど」

「じゃあ、放課後ここでね。あ、これ借りるから！」

果奈は数学の教科書を手に笑顔で教室を出ていった。同時に、タイミングよく始業のチャイムが鳴る。

展開の速さに戸惑《とまど》いつつも、どこか胸が高鳴る感覚があった。

こうして私たちは、『ラブレター』で遊ぶことになったのだ。


放課後、黒板に書かれた文字を消していると、果奈の弾《はず》む声が聞こえた。

「文香、早くー！　もう準備できてるよ！」

厚樹、果奈、厚樹の一年からの友達である相沢《あいざわ》くんの三人が集まり、教室の一角は小さなゲームスペースと化していた。

外から入ってくる風がふわりとカーテンを揺《ゆ》らす。日直の仕事を終えた私は、はやる気持ちで三人のもとへ駆《か》け寄り、輪に混じった。

「あ、相沢くん。そのメロンパンって、もしかして……」

果奈の視線は相沢くんの手にあるメロンパンに注がれていた。

「うん。コンビニの新作。駅前で買ってきたんだ」

果奈の顔がぱっと明るくなった。彼女は甘《あま》いものが大好きで、将来パティシエを目指しているほどだ。相沢くんのメロンパンに目が釘付《くぎづ》けになる果奈の様子が微笑《ほほえ》ましい。

「おいおい、今日の昼休みも食べてなかった？　壮介《そうすけ》は本当にメロンパン好きだよな」

厚樹が呆《あき》れたように笑いながら、『ラブレター』の箱を手に取った。

「じゃ、始めよっか。えっと、たしか最初は……」

説明書を見ながら、厚樹がカードをシャッフルし、みんなは一枚ずつカードを引いた。

『ラブレター』は、お姫《ひめ》様にラブレターを届けるというストーリーのカードゲームのようだ。カードには『兵士《へいし》』や『道化《どうけ》』、『騎士《きし》』といったキャラクターが描《えが》かれており、それぞれの「効果」を駆使《くし》しながら相手と勝負する。

山札が少なくなり、ゲームも終盤《しゅうばん》に差し掛《か》かった頃《ころ》、果奈に手番が回ってきた。

「じゃあ、私は『兵士』を使うね。指名するのは……文香」

果奈はそう言って手札の『兵士』を差し出し、私の目をじっと見る。『兵士』のカードを使うときは、ほかのプレイヤーを一人選んで『兵士』以外のカード名を宣言する。相手のカードを当てた場合、当てられたプレイヤーは脱落《だつらく》となる。

「『騎士』？　それとも『魔術師《まじゅつし》』？　『大臣《だいじん》』はもう出てるし。うーん……」

私の表情をまじまじと観察しながらしばらく悩《なや》むと、果奈はすぅっと息を吸い込《こ》んでこう言った。

「文香の持っているカードは……『姫《ひめ》』でしょ⁉」

「えー！　なんでわかったの⁉」

驚《おどろ》く私に、厚樹が口をはさむ。

「文香は、すぐ顔に出るんだから。わかりやすいんだよ」

――えっ、わかりやすい⁉　厚樹を意識してることも、バレてるかもしれない……。

慌《あわ》てて私は頬《ほお》に手を当てる。

けらけらと笑うみんながとても楽しそうで、私もつられて笑顔になった。

「楽しかったよなぁ」

「ほんと。小岩井さんは、すごい弱かったけどね」

「相沢くんだって、結構負けてたよ⁉」

ははは、と笑いながら、厚樹、相沢くん、果奈、私の四人で肩《かた》を並べて歩く。

「でもさ、『ラブレター』って、結構、ロマンチックだよね」

果奈が夕焼け空を見上げながら言う。

「うん、そうだな。手紙って、なんかいいよな」

厚樹がぽつりとつぶやく。

ゲームで遊んだだけなのに、なんだか心が温かい。

『ラブレター』の箱のように赤く染まった夕空を背に、私たちは校舎を後にした。


その夜、家に帰ると私は『ラブレター』の箱をカバンから取り出した。みんなで遊んだ放課後の楽しさを思い出しながら、箱を開ける。しかし、中を見ると、ほとんどのカードがなくなっていた。

——あれ?

慌てて中を確認すると、残っていたのはたった一枚。モダンにデザインされた『姫』のカードがぽつんと入っているだけだ。

「どこかで落としちゃったのかな……」

気落ちしながらも、ふと私は『姫』のカードを手に取る。描《えが》かれた人物の優雅《ゆうが》な表情は、まるで何かを物語っているかのように私の目を引いた。


ベッドに横たわり、なんとなくスマホを手に取る。画面をスワイプしながら、いつものSNS《エスエヌエス》をぼんやり眺《なが》めていると、ふと目に留《と》まった。

それは漫画家《まんがか》志望の中学生、ソラが投稿《とうこう》した新しいイラストだった。柔《やわ》らかい色合いと温かみのあるタッチが、見る人の心をそっと包み込《こ》むような不思議な魅力《みりょく》を持っている。

「素敵だな……」

そうつぶやきながら、自然と指が「いいね」のボタンを押していた。その瞬間《しゅんかん》、スマホが小さく震《ふる》える。

画面を見ると、中学からの親友、美悠《みゆ》からメッセージが届いていた。

【文香、元気？】

美悠は私の住む町から少し離《はな》れた進学校に通っている。最近は会う機会が減っていたけれど、こうしてときどき連絡《れんらく》をくれる彼女の存在は、私にとって特別なものだった。

【元気だよー、美悠は？　最近どう？】

すぐに返信すると、彼女からもすぐに返事が届く。

【元気。でも、勉強についていくのに必死だよ。文香はどう？　バイトは慣れた？】

「バイト」と聞いて、私は自分が介護施設《かいごしせつ》で働き始めたことを思い出す。将来の夢である介護福祉《ふくし》士を目指す第一歩だった。最初、アルバイトを始めることに両親は反対していたが、知人の紹介《しょうかい》もあり、ようやく許可を得ることができたのだ。

【うん、楽しくやってるよ。美悠、近々また会おうよ！】

送信すると、彼女から親指を立てたスタンプが返ってきた。それに同じスタンプを送り返しながら、私はスマホを置いて机に向かう。

――美悠も頑張《がんば》ってる。私も負けていられないな。

そう自分に言い聞かせ、宿題に集中することにした。

週末、私は隣《となり》の県にある、小さな田舎町《いなかまち》の介護施設に向かっていた。

電車を乗り継《つ》ぎ、片道一時間ちょっと。決して近くはないが、両親の知人が働いているというその施設は、初めて訪れたときもなぜか心地よい懐《なつ》かしさを感じた。

施設の玄関《げんかん》をくぐり、受付で挨拶《あいさつ》を済ませてから、ロッカールームでエプロンを身につける。紺《こん》色のそれは、施設のロゴが小さく刺繍《ししゅう》されているだけのシンプルなものだけれど、これを身につけると不思議と気持ちが引き締《し》まる気がした。

ガラス窓の多い明るい多目的ルームの奥《おく》で、小さな背中の老婦人が車いすに腰《こし》をかけていた。担当している坂口《さかぐち》さんだ。膝《ひざ》の上には薄手《うすで》の毛布がふんわりとかけられている。

「坂口さん、おはようございます。今日もよろしくお願いします」

「小岩井さん、おはようございます。こちらこそよろしくね」

絵を描《か》くことが趣味《しゅみ》の坂口さんは、窓から外の景色を見ながら毎日少しずつ作品を完成させていく。その過程を見守るのが、ここ最近は私の密《ひそ》かな楽しみになっていた。

その日坂口さんが手にしていたのは、葉書ほどの大きさの紙だった。

「……葉書、ですか？」

「絵葉書よ。こういう小さな紙に絵を描いて、誰かに送るの。ほら、手紙みたいなものよ」

色鉛筆《えんぴつ》の線が何層にも重なって描かれているのは、窓から見える風景。小さな紙の中で木々や花たちが生き生きとしている。

「手紙……」

その言葉を繰《く》り返すと、坂口さんはふっと視線を窓の外へ向けた。

「手紙ってね、絵でも文字でも、特別なものなのよ」

その瞬間《しゅんかん》、不意に胸の奥で小さな記憶《きおく》がよみがえる。

――『ラブレター』のゲーム。

「手紙って、なんかいいよな」

あのときの、厚樹の何気ない言葉が、心の中で坂口さんの言葉と重なった。

1

1

GUARD

GUARD

## {STORY.01} 兵士

STORY. 01
First Love Library

# 初恋図書室

——今日は、どの本を読もうかな。

放課後の騒《さわ》がしい渡《わた》り廊下《ろうか》を歩きながら、奥寺《おくでら》まどかは考えていた。

グラウンドでは運動部の生徒たちが、部活の準備を始めている。

音楽室からは吹奏楽部《すいそうがくぶ》の、楽器の音色が響《ひび》いてくる。

まどかは部活に入っていない。学校帰りに遊びに出かけるほど、活発なタイプでもない。

それでもまどかは、放課後のこの時間がとても楽しみだった。

風が吹《ふ》き抜《ぬ》ける渡り廊下を進んで、階段を上がる。行き先は、北棟《きたとう》三階の図書室。

部屋の前に立ち、いつものように小さく息を吐《は》いてから、できるだけ音を立てずにドアを開く。目に飛び込《こ》んでくるたくさんの本と、どこか懐《なつ》かしさを感じる匂《にお》い。いつもと同じ静けさに、ホッとする。

ここはまどかの大好きな場所だ。

新刊コーナーをチェックしてから、本棚《ほんだな》を眺《なが》めて歩き、気になっていた本を手に取ってみる。パラパラとめくったあと、その本を抱《かか》えていつもの席に座った。

一番奥《おく》の、窓際《まどぎわ》の席。

ほかの生徒たちも、なんとなく毎回決まった場所で、本を読んだり勉強をしたりしている。どの子もまどかと同じ、真面目そうな生徒ばかりだ。

人づき合いが苦手なまどかは、小さい頃《ころ》から友だちが多くなかった。けれど見た目も性格も真面目なせいか、クラスメイトから相談を受けることはよくあった。

高校入学後にできた、仲のよい友だちはいるけれど、まどかは聞き役になるばかり。みんなの話を聞くことは好きだが、自分の気持ちを伝えるのは苦手だ。

しかも最近、友だちは恋の話に夢中。でもまどかは恋をしたことがなく、恋とはどんなものなのかさえわからない。自分の思いを話すことは、なおさらなくなってしまった。

そんなまどかが、ある日何気なく訪れたのがこの図書室。本が大好きなまどかにとって、ここは静かで、とても落ち着ける場所だった。

放課後になると、ほとんど毎日ここに来て、まどかは幸せな時間を過ごしていた。

まどかのお気に入りの席からは、広いグラウンドがよく見える。野球部やサッカー部のかけ声を聞きながら、今日も本のページを開く。静かに文字を目で追い始めた時、ガタンと何かがぶつかる音がした。

「あっ、すみません！」

顔を上げると本を持った男の子が、座っている生徒に謝《あやま》っていた。椅子《いす》にぶつかってしまったらしい。よく見たら、男の子は松葉杖《まつばづえ》をついている。

——怪我《けが》してるのかな？　歩きにくそう……。

そう思っていると、その男の子はまどかの目の前の席に腰掛《こしか》けた。

見慣れない顔だな、と思ったが、じろじろ見るのは悪いと思い、すぐに視線をそらす。

男の子は松葉杖を置き、背負っていたリュックを下ろすと、本棚《ほんだな》から持ってきたであろう分厚い本を開いた。

——あの本、読んだことある。ちょっと難解だったんだよね……。

そんなことを思った瞬間《しゅんかん》、突然《とつぜん》男の子が言った。

「なんだ、これ」

まどかは顔を上げ、周りの生徒たちも振《ふ》り返る。

「やべっ……声出しちゃいけないんだった」

男の子があわてて口元を押《お》さえ、周りにペコペコと頭を下げた。その姿がなんだかおかしくて、まどかはぷっと吹《ふ》き出してしまう。

──さっきから一人でドタバタして……おかしな人。

その時、目の前の男の子と目が合った。短めの髪《かみ》に整った顔立ち……見た目だけなら、爽《さわ》やかなスポーツマンといった雰囲気《ふんいき》だ。

男の子はまどかに向かって苦笑いしたあと、気まずそうに頭をかいた。

周りの生徒たちが視線をそらし、また静かな空気が戻《もど》ってくる。男の子はリュックの中からノートを出すと、シャープペンシルで何かを書いてまどかに差し出した。

【これ、なんだかわかる？　本に挟《はさ》まってたんだけど】

ノートに書かれた、あまり綺麗《きれい》とは言えない文字。顔を上げると男の子が、一枚のカードのようなものを見せて、「これこれ」と口パクしながら指さしている。

──なんだろう？　兵士のような絵が描《か》いてあるけど……見たことない。

まどかは首を傾《かし》げ、横に振る。すると男の子が、またノートに文字を書いた。

【誰かが忘れた栞《しおり》？とかかな？】

そしてまどかに「答えを書いて」と言うように、ノートを指さす。

まどかは戸惑《とまど》いながらも、自分のノートを出して考えた。

どう見ても、あれは栞《しおり》には見えない。何かのゲームで使う、カードのように見える。

【違《ちが》うと思います】

すると今度は男の子が小さく噴《ふ》き出して、声を出さずに笑いながら文字を書いた。

【敬語はやめてよ。俺、二年二組の宇佐美直哉《うさみなおや》。同じ学年でしょ？】

まどかの前で直哉が、自分の胸元についている校章を指さす。この学校は学年ごとに校章に異なる色がついている。直哉の校章は、まどかの制服の校章と同じ色だった。

高校も二年になったというのに。まどかと直哉はまだ面識がなかった。それほどまどかは学校でも目立たない存在だったのだ。

まどかは知らない人と話すのが苦手だ。しかし直哉があまりにも気さくに接してくるため、嫌《いや》な気分はしない。それに声に出して話すのではなく、文字でのやりとりだから気が楽なのかもしれない。まどかは、ノートに文字を書く。

【うん。同じ学年。私は三組の奥寺まどか】

【俺、図書室来たの初めてなんだけど、奥寺さんはよく来るの？】

【ほとんど毎日】

【へえー！　すごいな！　じゃあ本のこととか、いろいろ教えてよ】

【私にわかることなら】

まどかの前で、直哉が嬉《うれ》しそうに笑う。その無邪気《むじゃき》な笑顔を見て、自然とまどかも頬《ほお》が緩《ゆる》んだ。そしてその日から二人は時々、図書室で顔を合わせるようになった。


放課後、まどかがいつもの席で本を読んでいると、松葉杖《まつばづえ》をついた直哉がやってくる。

直哉は毎日来るわけではないが、来た時は必ず、まどかの前の席に腰掛《こしか》ける。

読んでいるのは、最初の日に借りた分厚い本だ。

【この本、思ったより難しかった。なかなか進まないんだよね】

苦笑いした直哉が、ノートにそう書いてきた。

初めて図書室に来た日に、声を出して目立ってしまったのを反省したのか、直哉はどんなことでもノートに書いてまどかに見せてくる。

直哉は本に挟《はさ》んであった謎《なぞ》のカードを、栞代わりにしていた。でもその栞の位置は、この前からほとんど変わっていないようだ。

まどかも自分のノートを取り出し、お気に入りのシャーペンを走らせる。最初はぎこちなかったやりとりも、最近はだいぶ慣れてきた。

【その本、ちょっと難しいけど、後半はおもしろくなるよ】

【読んだことあるの?】

【うん。ずいぶん前だけど】

【へぇ、奥寺さんはすごいなぁ。よし、俺も頑張《がんば》ってみる!】

感心している直哉の前で、まどかは恥《は》ずかしくなってうつむいた。

本が好きで読みたいから読んでいるだけなのに、褒《ほ》められるとは思っていなかった。

周りに本好きの友だちもいなくて、本を読むのはいつも一人。本当は読んだ本の感想を話し合ったり、おすすめの本を交換《こうかん》し合ったりしたいと、いつも思っていた。

直哉が文字を目で追い始めた。「難しい」と呟《つぶや》きながらも、読んでいる時は真剣《しんけん》な顔つきだ。第一印象は騒《さわ》がしい人かと思ったけれど、意外と真面目な性格なのかもしれない。

細く開いた窓から風が吹《ふ》き込《こ》み、カーテンがふわりと揺《ゆ》れる。窓の外から、運動部のかけ声が聞こえてくる。まどかも直哉の前で、静かにページをめくった。

その日も直哉は、松葉杖《まつばづえ》をつきながら図書室にやってきた。先に来ていたまどかは直哉のようすを見て、思い切って聞いてみる。

【宇佐美くん、足、どうして怪我《けが》したの？】

ずっと気になっていたのだが、聞けずにいたのだ。

直哉は一瞬《いっしゅん》戸惑《とまど》うような表情を見せたあと、まどかに答えた。

【俺、サッカー部なんだけど、試合中にひどい捻挫《ねんざ》しちゃって。今は部活休んでるんだ】

【そうだったんだね】

【休んでる間、勉強しろって親がうるさくてさ。それで図書室に来たんだけど、勉強する気になれなくて。だったら本でも読もうかなって】

直哉が窓の外に視線を移す。グラウンドでは今日もサッカー部が、ボールを追いかけ走り回っている。そのようすを見つめる直哉の横顔は、なんだか少し寂《さび》しそうに見えた。

——聞いてはいけないことを、聞いてしまったかも……。

悔《く》やむまどかの顔を見て、直哉が小さく笑った。そして気まずさを打ち消すようにノートに文字を書き、まどかの方に差し出した。

【明日から一緒《いっしょ》にテスト勉強しない？　二人でやれば、勉強もやる気出るかも】

気づけば、定期テストが近づいていた。まどかもテスト前は本を読むのはお休みして、いつもここでテスト勉強をしている。

【うん。いいよ】

【じゃあ明日もここで！】

直哉がいつもの笑顔を見せ、まどかはなんだかホッとする。

二人だけの秘密の約束ができたみたいで、明日が楽しみになった。


翌日から、図書室でのテスト勉強が始まった。

【奥寺さん、この英文なんだけど、どうやって訳せばいいの？】

直哉が英語のノートの端《はし》に文字を書いてくる。まどかは少し考えると、その問題を解いて直哉に見せた。

【うわ！　やっぱり奥寺さん、すごい！】

【このページの解説を読むと、わかりやすいよ】

【なるほど！　読んでみる！　奥寺さんはなんでもできてすごいなぁ】

大げさなくらい褒《ほ》めてくれる直哉に、まどかは照れくさくなる。

【宇佐美くんだって、得意な科目はあるでしょう？】

うーん、となりながら考え込《こ》んだあと、直哉がノートに書く。

【俺は体育だな！】

――あ、すごくわかる。宇佐美くん、運動神経よさそうだもん。きっとサッカーも、うまいんだろうな。

【私は体育苦手。運動神経ゼロなの】

【でも体育はテストに関係ないし。英語が得意な奥寺さんが、うらやましいよ】

直哉の文字の横には、ため息をつく猫《ねこ》のようなキャラクターが描《か》かれている。まどかは肩《かた》をすくめてくすっと笑うと、直哉に尋《たず》ねた。

【これ猫？】

【違《ちが》う、違う！　うちで飼ってる犬だよ】

【え、犬なんだ！】

【あー、俺、美術の才能もゼロだな！】

二人で顔を見合わせて、思わず笑い合う。その声が思いのほか響《ひび》いてしまって、二人同時に「しーっ」と人差し指を口に当て、おかしくてまた笑った。

——宇佐美くんといると、すごく楽しい。この時間が、ずっと続けばいいのに。

まどかの心には、今まで感じたことのない気持ちが芽生え始めていた。


ある日、まどかが遅《おく》れて図書室に行くと、直哉がいつもの席から窓の外を見ていた。机の上には開いたままの本。窓から風が吹《ふ》き込《こ》み、ページがパラパラとめくれる。だけど直哉は本には見向きもせず、外をじっと見つめていた。その視線の先では、サッカー部が練習をしている。まどかの心がちくんと痛んだ。

——いつも明るくふるまっているけど、みんなと一緒《いっしょ》に練習したいんだろうな。

クラスのサッカー部の男子が、もうすぐ大会が始まると言っていたのを思い出す。

——宇佐美くんは、その試合に出られないのかな……。

立ち止まったまどかに、あくびをした直哉が気づいた。直哉はいつものように笑って、ひらひらと手を振《ふ》る。まどかも小さく手を振り返し、席に座った。

【最近いつも眠《ねむ》そうだね、大丈夫《だいじょうぶ》?】

心配になってまどかはペンを走らす。

【大丈夫。奥寺さん、遅《おそ》いから心配しちゃったよ】

――私のこと、心配してくれたの？
直哉の何気ない一言に、まどかはどぎまぎしてしまう。
この感情はなんなんだろう。教科書には載《の》っていない、不思議な気持ち。
【奥寺さん、今日のテストの結果、どうだった？】
【まあまあ、かな？】
【俺は最悪。あんなに奥寺さんと勉強したのになぁ】
目が合った直哉が笑いかけてくる。そのたびに小さく心臓が跳《は》ねる。
――でも宇佐美くんには、こうやって笑っていてほしい。
寂《さび》しそうな横顔は、見たくなかった。

数日後、図書室にやってきた直哉は、松葉杖《まつばづえ》をついていなかった。足はまだ歩きにくそうだったが、順調に回復しているのかもしれない。
まどかがその足を指して「松葉杖、外れたんだね」とささやくと、直哉は満面の笑《え》みでピースサインをする。直哉の無邪気《むじゃき》な笑顔を見て、まどかは胸がいっぱいになった。直哉は今日もまどかの前に座り、ずっと借りていた本を見せる。

【やっと読み終わったよ。難しかったから時間かかっちゃった。奥寺さん、何かもっと、読みやすい本ない？】

——読みやすくて、宇佐美くんにぴったりの本……きっとあるはず。

まどかは直哉が読み終わった本に視線を落とした。

（ちょっと待っててね）

声を出さずにそう口を動かすと、まどかは立ち上がり、本棚《ほんだな》に向かった。そしてたくさんの本を眺《なが》めては、少し歩き、また足を止めて本を眺める。

しばらく迷ったあと、まどかは一冊の本を選んだ。席に戻《もど》り、直哉に手渡《てわた》す。

【この本なんかどうかな？　すごく読みやすいし、おもしろかったよ】

主人公は直哉と同じ、高校生の男の子だ。それにいつも明るく元気な主人公が、どこか直哉にも似ていて、まどかのお気に入りの本でもあった。

【へぇ、読んでみようかな】

【うん。読んだら感想聞かせて】

【OK《オーケー》】

親指を立てる猫《ねこ》のような犬のイラストを見て、まどかは微笑《ほほえ》んだ。

翌日、まどかが図書室に行くと、直哉が真剣《しんけん》な表情で本を読んでいた。

読書の邪魔《じゃま》をしないようにそっと席に着いたら、直哉が顔を上げ「あっ」と口を開いた。

それから急いでノートを取り出し、文字を書いてまどかに見せる。

【すごいよ、この本！　すらすら読める！　それにすっごくおもしろい！】

直哉の子どものようにキラキラした瞳《ひとみ》にドキッとしてしまう。まどかもノートを取り出すと、文字を書いて見せた。

【よかった。宇佐美くんに合う本をおすすめできて】

【さすが奥寺さんだね！　いっぱい本を読んでるだけあるよ】

直哉の褒《ほ》め言葉が、じんわりと響《ひび》く。嬉《うれ》しくてちょっとくすぐったくて、でもすごくあったかい。まどかはシャーペンを握《にぎ》りしめると、いつもより丁寧《ていねい》に文字を書いた。

【私はね、司書になりたいと思ってるの。本が好きだから】

文字を読んだ直哉がまどかを見て、真剣な顔でうなずいてくれた。

【本を読む楽しさを、たくさんの人に伝えられたらいいなって思ってる】

書きながら、少しだけ手が震《ふる》えてしまった。自分の夢を、誰かに伝えたのは初めてだった。友だちはもちろん、先生や両親にも、まだ話したことがない。

自分の気持ちを伝えるのは苦手だったはずなのに……心の中に閉じ込《こ》めていた夢を、今
こうして誰かに伝えられている自分が信じられなかった。

【なれるよ】

直哉の力強い文字が、目の前に現れる。

【きっと奥寺さんなら、なれるよ】

顔を上げると、直哉が真剣《しんけん》な目でまどかを見つめていた。笑わずにちゃんと話を聞いて
くれて、背中を押してくれる。照れくさかったけれど、すごく嬉《うれ》しい。

思わず笑みをこぼしながら、まどかは文字を書き直哉に向けた。

【宇佐美くんの好きなことは？　将来なりたいものとかあるの？】

その時、直哉はハッと思い出したような顔をして、急いでペンを走らせまどかに見せた。

【ごめん。今日、用事があったんだ】

驚《おどろ》いて目を丸くするまどかの前で、直哉はごめん、とバツが悪そうに手を合わせると、
本をリュックの中に押《お》し込み、立ち上がった。

「じゃ、また今度」

小声でそう言い残した直哉の背中が、図書室から遠ざかっていく。

まどかは、その姿を何も言えずに見送った。

——宇佐美くん、もしかすると、答えたくなかったのかな……。


翌日も、その翌日も、図書室に直哉は来なかった。まどかは本を開いたまま、ぼんやりと窓の外を眺《なが》める。グラウンドでボールを追いかける、サッカー部の練習風景が見えた。

——宇佐美くんはここから仲間の姿を眺めて、どんな気持ちでいたんだろう。何も言わなかったけど、好きなサッカーができなくて、苦しい想《おも》いを抱《かか》えているのかもしれない。

まどかは胸に手を当てて、考える。

——もし私が、宇佐美くんと同じ立場だったら……。

この図書室は、まどかが見つけた大事な居場所。もしそこで大好きな本を読むことができなくなったら……きっと苦しいし、悲しい。

——宇佐美くんの力になりたい。

だけどまどかには、どうしたらいいのかわからなかった。

「ねぇ、まどかー、ちょっと聞いて。私の彼ってば、ひどいんだよー」

ある日の放課後。図書室に行こうとしたら、仲のよいクラスメイトに声をかけられた。

「どうしたの？」

どうやら彼氏との悩《なや》みらしい。まどかはうなずきながら、いつものように友人の話を聞く。恋愛のことはまったくわからないけれど、話を聞くことくらいはできる。

「なんか、まどかに聞いてもらったら、すっきりしちゃった！　ねぇ、まどかにも悩みがあれば、私が聞くよ？」

「え……」

急な問いに戸惑《とまど》いながらも、ぱっと頭に浮《う》かんだのは直哉の姿。

「そういえばまどかって、好きな人とかいないの？」

「い、いないよ」

「井上《いのうえ》くんは？　休み時間に時々、話してるよね？」

「それは、隣《となり》の席だからってだけで……」

「あ、もしかして、サッカー部の宇佐美くん？」

突然《とつぜん》直哉の名前が出て、まどかはドキッとした。思わず目が泳いでしまう。

「図書室で一緒《いっしょ》にいるところ、見たって子がいるよ？」

まどかは、返事に困ったことを悟《さと》られないようにあわてて席を立つ。

「ごめんね。私、本返しにいかなくちゃ。またね」

まだ話したそうな友人を残し、まどかは逃《に》げるように教室を出た。


その日は本を開いたまま、ずっと直哉のことを考えてしまった。気づけばいつもより遅《おそ》い時間だ。窓の外は薄暗《うすぐら》くなっていて、まどかは昇降口《しょうこうぐち》へと急ぐ。渡《わた》り廊下《ろうか》からは、部活が終わって帰る生徒たちの姿が見えた。

——サッカー部の人たちだ。

もちろんその中に、直哉の姿はない。

その時ふと、校舎の端《はし》にある、トレーニングルームに灯《あか》りがついているのに気がついた。

運動部の部員なら、誰でも自由に使うことができる場所だ。

——みんな帰ったはずなのに、まだ残ってる人がいるのかな？

普段は気にせず素通りするまどかだったが、なぜか気になり、ドアの陰《かげ》からそっとのぞいてみた。そこでは男子生徒が一人、黙々《もくもく》と筋トレをしている。

――宇佐美くん？

そこにいたのは直哉だった。みんなと同じ練習ができない分、ここで一人、トレーニングをしていたのだ。ここ最近図書室に来なかったのは、きっとこのためだったんだろう。もしかするとずっと前から、毎日ここに来ていたのかもしれない。部活のみんなが帰ったあとに……。

直哉が動きを止め、疲《つか》れたように座り込《こ》んだ。まどかはドアの陰《かげ》で息を呑《の》む。うつむいていてはっきりとは見えないが、直哉は腕《うで》で何度も顔を拭《ぬぐ》っている。

――汗《あせ》？　……ううん、違《ちが》う。涙《なみだ》だ。

誰もいなくなったトレーニングルームで、直哉は一人、悔《くや》しそうに泣いていた。図書室の窓から、ボールを追いかける仲間たちを、じっと見つめていた横顔を思い出す。

まどかは急いでその場を離《はな》れた。そして昇降口《しょうこうぐち》で靴《くつ》を履《は》き替《か》えると、走って校門を出る。

「……宇佐美くん」

どうしようもなく胸が痛くて、まどかの目にも涙が浮《う》かぶ。

――宇佐美くんの力になるには、どうしたらいいんだろう。

にじんだ視界の中を走りながら、まどかは必死に考えていた。

翌日、まどかはいつものように図書室へ向かった。室内に入り、窓際《まどぎわ》の席に行く。今日も直哉は来ていなかった。まどかは荷物だけ置くと、すぐに本棚《ほんだな》へ足を向けた。たくさんの本を見ながら、ゆっくりと歩く。気になる本があれば取り出し、パラパラとめくってみる。けれど何か違うような気がして、元に戻《もど》し、また別の本を取り出す。真剣《しんけん》に悩《なや》みながら、そんなことを繰《く》り返しているうちに、ずいぶん時間が経《た》ってしまった。三冊に絞《しぼ》ったあと、やっと一冊を選び、いつもの席に戻ろうとした時、まどかの目にその姿が見えた。

――宇佐美くん。

心の中で名前を呼んだまどかの前で、直哉がいつもと変わらない笑顔を見せた。そして持っていた本を、すっと差し出す。以前まどかが、直哉におすすめした本だ。

【読み終わったよ！　すごくおもしろかった！】

直哉の躍《おど》るような文字が、まどかの目に映る。

【奥寺さん、ありがとう！】

熱い想《おも》いがこみ上げる。嬉《うれ》しい。すごく嬉しい。

「あ、あの……」

まどかは真剣《しんけん》に選んだ本を直哉に差し出し、ノートに書いた。

【もしよかったら、これ読んでみて】

実は直哉のために、選んでいたのだ。今、自分にできることは、これくらいしか思いつかなかったから。

直哉はまどかの手から本を受け取ると、また笑ってノートに書いた。

【ありがとう。借りて帰るね】

まどかは首を傾《かし》げる。いつもだったらここで読んでいくはずなのに。

【明日から部活に戻《もど》ることになったんだ。まだみんなと同じ練習はできないけど】

【そうなんだ。よかったね！】

直哉の前で、まどかはにっこり微笑《ほほえ》む。

——あれ？　嬉《うれ》しいはずなのに、なんだか寂《さび》しいのはどうしてだろう。

そんなまどかの顔を見て、直哉もほんの少しだけ寂しそうな表情を見せた。だけどすぐにいつもみたいに笑って、まどかの選んだ本を大事そうに抱《かか》える。

【今から病院に行くから、今日は帰るね】

黙《だま》ってうなずいたまどかに「じゃ……」と小さく呟《つぶや》くと、直哉は貸出カウンターに向かっていった。その背中を、まどかはやっぱり見つめるだけだった。

翌日、まどかがいつもの席からグラウンドを見下ろすと、今日もサッカー部が練習をしていた。そしてその中には、直哉の姿もあった。

まだみんなと同じようには走れないようだったが、大きな声を出して練習に参加している。その姿がまぶしくて、少し寂しい。

まどかはそっと自分の胸に手を当てる。鼓動《こどう》がドキドキと高鳴って、痛くて苦しい。

——この気持ちは、なんなの？

まどかの頭に、昨日読んだ本のワンシーンが浮《う》かぶ。主人公の女の子が、恋に気づく瞬《しゅん》間《かん》の場面だ。これって……もしかして……。

もう一度グラウンドを見下ろした。こんなに遠くからでも、その人の姿はすぐにわかる。

——私、もしかして……宇佐美くんが好き？

気づいた途端《とたん》、かぁっと頬《ほお》が熱くなった。あわてて両方の手のひらで、頬を押《お》さえる。

——私が恋をするなんて……。

だけど今さら答えに気づいても、どうにもならないこともわかっていた。

それから二週間、まどかは図書室の窓から、ずっとグラウンドを眺《なが》めていた。机の上に開いた本は、まったくページが進んでいない。

目で追いかけているのは、直哉の姿ばかり。最近はボールを蹴《け》っている姿を見ることもある。少しずつ、みんなと同じ練習ができるようになっているようだ。

だけど直哉が、仲間たちと嬉《うれ》しそうに笑っている姿を見ると、嬉しいのにやっぱり少し、寂《さび》しくなってしまう。

ノートを開くと、直哉との会話が文字で残っていた。どの会話も、全部心に焼きついている。二人で書いた、たくさんの文字。おかしくて、声をひそめて笑い合ったこと。向かい合って、ページをめくった本。猫《ねこ》みたいな、犬のイラスト……。

一人で本を読むのも楽しい時間だったが、直哉とやりとりしている時間は、それ以上に幸せな時間だった。

——だけどもう、宇佐美くんはここに来ない。あの頃《ころ》には戻《もど》れないんだ。

人づき合いが苦手でいつも図書室で本を読んでいるまどかと、青空の下で仲間と元気よくボールを追いかけている直哉は、きっと住む世界が違《ちが》う。

二人がこの図書室で向き合うことは、もう二度とないだろう。

まどかはノートの文字を、指先でそっとなぞる。胸の奥《おく》から何かがあふれて、文字がにじんで見えなくなった。


その日もなんとなく、図書室へ向かう足が重かった。

図書室にもう、直哉はいない。窓からサッカーをしている姿を見ても、悲しくなるだけ。

それなのに足は自然と図書室へ向かってしまい、いつものようにドアを開ける。するとカウンターの奥から、図書委員の春野叶美《はるのかなみ》に声をかけられた。

「あ、奥寺さん」

ほぼ毎日、図書室に来ているまどかだから、違うクラスでも名前を覚えられているのだ。

「いつも奥寺さんが座っている席に本があったけど、忘れ物かな？」

ふと目をやるといつもの席に、本が一冊置いてある。自分が忘れたわけではないと思うけど……。

「あ、ごめんね。自分で片づけるね」と小さな声で答えて、まどかはあわてて席に向かう。

するとそこにある本に、メモがついていた。

【奥寺さんへ】

まどかのよく知っている字だ。その本は、まどかが選んで直哉に渡《わた》した本だった。

「宇佐美くん……」

本を手に取り、何かが挟《はさ》まっていることに気づく。そっと引き抜《ぬ》いてみると、それは二人が文字のやりとりをするきっかけとなった、あの兵士の絵が描《か》いてあるカードだった。

楽しかったことを思い出し、胸にきゅっと痛みが走る。

よく見ると、カードのほかにそこにあるものが目に入った。

「手紙？」

そっと手に取り、開いてみる。するとそこには、いつものメモとは違《ち》う、直哉の力強い文字が並んでいた。

【俺の好きなことは、サッカー。将来はサッカー選手になりたいんだ。そのために頑張《がんば》る】

以前まどかが尋《たず》ねて返事が聞けなかった、質問の答えだ。

それに続いて、そこには初めて直哉の素直な思いが綴られていた。

【怪我《けが》をして、大事な試合に出られなくなって、本当はすごく焦《あせ》ってたんだ。毎日不安で、勉強も手につかなくなって、自分に自信をなくしてた。部活に戻《もど》っても、このままほんとに続けられるのかって。でもこの本を読んで、もう一度頑張ろうと思えたよ】

まどかの頭に、ボールを追いかける直哉の姿が浮《う》かぶ。

【奥寺さん。いい本を教えてくれて、本当にありがとう】

心が震《ふる》えて、まどかは手紙を抱《だ》きしめた。

その本は、一度は挫《ざ》折《せつ》してしまう主人公が立ち直り、前を向いて歩き出す物語だった。

自分には何もできないけど、一生懸命《いっしょうけんめい》選んだ本が少しでも直哉の力になれたのなら、それだけで十分嬉《うれ》しかった。

ふと窓の外から、サッカー部のかけ声が聞こえてきた。まどかは『兵士《へいし》』のカードを持ち、グラウンドを見下ろす。直哉がボールを蹴《け》って、元気よく走り出す姿が見えた。

——宇佐美くん……一生懸命頑張ってるんだ。

彼のことを思いながらカードを見つめる。真面目な顔の兵士の絵と直哉の姿が重なった。

——宇佐美くんは、しっかり夢に向かって進み出した。……でも私は？　このまま、この想《おも》いを伝えられないまま、遠くから見ているだけで本当にいいの？

まどかはふるふるっと、首を横に振《ふ》る。

――そんなのは嫌《いや》だ。私は自分の気持ちを、ちゃんと宇佐美くんに伝えたい。

今までは、思ったこともうまく伝えられない自分だったけど……まずはこの一歩から自分を変えたいと、初めてまどかは強く思った。

広いグラウンドで、直哉の蹴《け》ったボールが空に向かって高く飛ぶ。

まどかは小さく息を吐《は》くと、いつもの席に腰掛《こしか》けた。本を横に置き、直哉とやりとりしていたノートを取り出す。そしてそれを一枚破き、ペンを握《にぎ》った。

――この想《おも》いを、手紙に書こう。

窓からかすかな風が吹《ふ》き込《こ》み、カーテンがふわりと揺《ゆ》れる。

――書けたら勇気を出して、おすすめの本と一緒《いっしょ》に宇佐美くんに渡《わた》そう。

【さすが奥寺さんだね！　いっぱい本を読んでるだけあるよ】

【きっと奥寺さんなら、なれるよ】

頭に浮《う》かぶのは、いつも勇気づけてくれた直哉の言葉と笑顔。

――私も宇佐美くんと同じように、前に向かって一歩踏《ふ》み出したい。

今はもう、前に座る人のいない図書室で、まどかはラブレターを書き始めた。

# {STORY.02} 道化

STORY. 02
Sky Through the Mirror

# 鏡越《ご》しの空色

海のある街で生まれたせいなのだろうか。潮騒《しおさい》が聞こえると、安心する反面、胸の中に小さな不安が生まれる。
けれど、その微《かす》かな不安に気づかないふりをして、今日も、明日も、あさってても――ゆらめく心の水面《みなも》に映る自分の顔を、表の顔で封《ふう》じ込《こ》め、誰かの望む〝自分〟を演じている。

「やーったぁー!! 私の勝ち!! 澄晴《すばる》くん、大貧民確定～!!」

「だああっ、くっそぉ、負けた!! あのタイミングで革命起こすなんて卑怯《ひきょう》だぞ美南《みなみ》!!」

「卑怯じゃありません、ルールですぅ」

ざわざわと賑《にぎ》やかな昼休み。ちょうどいい気候で、過ごしやすい午後のひととき。

緩《ゆる》やかな時間が流れる中、友人たちに囲まれた空井《うつい》澄晴は頭を抱《かか》えながら絶叫《ぜっきょう》していた。机の上に投げつけられた三枚のトランプ。ハートとダイヤとスペードの〝2〟。それらの手札があらわになり、先に勝ち抜《ぬ》けしていた周囲の友人たちからは笑いが起こる。

「うわ、マジかよ！　おいおい澄晴、お前大富豪《だいふごう》のルール分かってんのか⁉　最後の手札がこれじゃどっちにしろ最下位だろ、もっと序盤《じょばん》に使ってたら一位抜けしてたのに！」

「うるせ、強いカードなんだから最後の方に取っておいたんだよ！　それにしても何だ、このカードは？　トランプじゃないよな⁉」

澄晴はわざとらしく眉《まゆ》を吊《つ》り上げ、机に広がっているカードの中の一枚を手に取って見せつける。いつの間に紛《まぎ》れていたのか、数字の「2」とピエロの絵が描《か》かれたそのカードは、明らかにトランプではなかった。

「何ごまかしてんだよ、いさぎよく負けを認めろって！」

友人は澄晴の肩《かた》を軽く小突《こづ》いた。

「いやいや、全部わざとだから。寛大《かんだい》な心でハンデを与えてやってんの」

「出た出た、澄晴のいつものバレバレ強がり意地っ張り。そんなんだからモテないんだぞ、美南ちゃんもそう思うだろ？」

楽しそうな友人たちは、澄晴と向かい合わせに座っていた女子に問いかける。あどけない顔立ちにポニーテールがよく似合うクラスメイトの東岡《とうおか》美南は、いたずらっぽく口角を上げて楽しそうに頬杖《ほおづえ》をついた。

「ふふふ、ほんとほんと。澄晴くんは見栄っ張りだし、ずっと素直じゃないもんね〜」

「はあ、分かってないな美南。俺ほど心が綺麗《きれい》で素直な美男子、他にいないっていうのに」

「え、美男子ってどこ？　私には見えませんけど？」

「ほら、もっとよく見ろよ。今まさにお前の目の前に――」

「はいはい解散、お疲《つか》れ様でしたぁ」

すかさず手を叩《たた》いた美南は澄晴のおふざけをばさりと遮《さえぎ》り、慣れた様子で解散を呼びかける。澄晴は不服げに唇《くちびる》を尖《とが》らせた。

「おい、ちゃんと聞け、美南」

「聞いてたってば。とりあえず、まずは鏡を見てきたら？」

ぽん。軽めに肩《かた》を叩き、微笑《ほほえ》む美南。一方、肩を叩かれた澄晴は口元をへの字に曲げっぱなしだ。互《たが》いに軽口を言い合ってふざけ合う二人は、いつもこの調子だった。

クラスのイジられ役でありながら周囲に慕《した》われる人気者の澄晴。そんな澄晴がおどけ、美南もそれに付き合う……という関係性が、中学に入学してから二年になった現在まで、ずっと続いている。周囲の友人たちにとっても、彼らがじゃれ合っている姿は見慣れた光景となっていた。

今日もこうして澄晴たちの遊びに付き合った美南は、口元に楽しそうな笑《え》みをたずさえたまま満足そうに去っていく。それはいいのだが、その場に残っている友人たちまで全員ニヤつき、顔を見合わせながら澄晴を眺《なが》めているのは少し様子がおかしい。

「……ん？　何だよ」

怪訝《けげん》に思いながら問いかけるも、彼らは含みを持たせるような口調で「いやあ～？」とニヤニヤするだけで、特に何も言わない。ますます不思議に思いつつ、時計をチラリと見た澄晴は、昼休みが終わる前にトイレに行っておこうと考えて席を立った。

「まあいいや、俺、ちょっとトイレ行ってくる」

「トイレでちゃんと鏡見ろよ！」

「んん？　お、おう？」

くすくす笑って声をそろえる友人たちの意味深な視線に首を傾《かし》げ、よく理解しないまま教室を出た澄晴。しかし数分後、トイレの鏡で自分の姿を見た澄晴は目を見開き、肩に貼《は》り付けられていた付箋《ふせん》を剝《は》がしながら走り出す。

「おいっ、美南ーーっ!!　お前だろ、これ貼ったのーー!!」

叫《さけ》びながら廊下《ろうか》を駆《か》け抜《ぬ》ける澄晴の手には、〝僕はよわよわ大貧民です！〟と記された可愛《かわい》らしいピンク色の付箋《ふせん》が、遊ぶように揺《ゆ》らいでいた。

◇　◇　◇

「はー、誰かさんのせいでバス乗り損《そこ》ねた」

「さあ、知りませんね〜」

時刻は午後四時三十分を過ぎた頃《ころ》。放課後即《そく》直帰コースが常である澄晴と美南は、自販《じはん》機《き》でそれぞれコーラを購入してバス停のベンチに腰掛《こしか》けていた。閑散《かんさん》としたバス停には穏《おだ》やかな風だけが吹《ふ》き抜《ぬ》けており、普段であれば溢《あふ》れかえっているはずの生徒の姿も他にない。ほんのついさっき、乗るはずだったバスが行ってしまったのだから当然である。

「あーあ、四十分待ちか」

何気なくポケットに手をいれると、昼休みのトランプに紛《まぎ》れていたピエロのカードが顔を出す。

「誰かさんが教室で国語の教科書の寸劇なんて始めちゃうからだろうねえ」

「『走れメロス』の寸劇しろって言ったのお前だろ！」

「〝空井澄晴は激怒《げきど》した〟！」

「〝かの邪智暴虐《じゃちぼうぎゃく》の東岡美南と共にバスを四十分も待たねばならぬと絶望した〟！」

「ほら、そうやってすぐノっちゃうのが悪い～。ふざけてばかりで、そのピエロみたい」

美南は澄晴の手元にあるカードに目を向ける。自らが『道化《どうけ》』となり、常に人を楽しませようとするその姿は、確かに澄晴によく似ているのかもしれない。

ぐうの音も出ない指摘《してき》をされ、澄晴は口をつぐんだ。美南が言うように、澄晴はこうして〝ノる〟のが得意だった。誰かに何かを求められれば、目の前に用意された期待のレールにしっかり沿う。誰かの望む自分でいる。その方が、『自分らしい』と思っているからだ。

「いいじゃん、別に。この方が俺っぽいし」

投げやりに言い放ち、カードを再びポケットにしまい込《こ》む。そして気まずさをごまかすように先ほど買ったペットボトルの蓋《ふた》をひねった。隣《となり》にいる美南はそんな澄晴を黙《だま》って見つつも、やがて目を逸《そ》らし、どこか遠くを見つめて彼女もコーラに口をつけた。

「澄晴くんってさぁ」

一瞬《いっしゅん》の間を挟《はさ》んで、呼びかけられた名前。しゅわしゅわしびれるコーラの炭酸を喉《のど》の奥《おく》に流し込み、澄晴は彼女の声に耳を傾《かたむ》けた。

「将来、何になりたいの？」

「え……。さあ、分かんね」

「夢とかないんだ？」

「んん……親は、普通に大学行って公務員になれって言うから、できるだけそうしたいとは思うけど。でも、俺がサラリーマンとか似合わねーよな。周りは芸人になれって言うし、その方が似合うならそうしよーかな！」

「そうやって、いつも周りの言うことに影響《えいきょう》されてばっかりで、疲《つか》れないの？」

コーラの中で弾《はじ》けた炭酸さながらの言葉が、じゅわり、鼓膜《こまく》を叩《たた》いて浸透《しんとう》する。痛くはないが、何も感じないわけではない、しびれるような刺激《しげき》。ゆっくりと澄晴へ顔を向けた美南の茶色がかった瞳《ひとみ》は、心の中まで見透《みす》かすようだった。思わず息を呑《の》むが、気がつけば澄晴は、へらりと無意識に口角を上げて笑っている。

「いや、何言ってんだよ、美南。これが元々、俺らしい顔だろ？」

いつも通りの声で、いつも通りのノリで。いつもと同じように答えたはずなのに、なぜだか澄晴には、それが随分《ずいぶん》と薄《うす》っぺらな言葉に思えた。

美南の視線は静かなままだ。長く続く沈黙《ちんもく》に耐《た》えきれなくなり、澄晴は飲みかけのコーラをリュックに押《お》し込《こ》むと、おもむろに立ち上がる。

「バス、しばらく来ないし、俺やっぱ歩いて帰るわ」

彼女から逃《に》げるように言い、「じゃあな、美南」とバス停のベンチを足早に離《はな》れる。美南は軽く手を振《ふ》ったが、その視線はすぐにスマホへと落とされてしまった。

先ほどまで閑散《かんさん》としていた道路には少しずつ人が増え始め、他愛のない会話もちらほら聞こえてくる。海沿いの坂道。絶景とまでは言いにくいけれど、都会とも田舎《いなか》とも言いきれない、程よい大きさの街の中から海が一望できるこの景観はとても綺麗《きれい》だ。いかにも写真映えしそうな場所——だというのに、すれ違《ちが》う人々は皆《みな》、手元の機械の画面ばかりを見つめて、目の前の景色に見向きもしない。はあ、と澄晴はため息を吐《つ》いた。

——あ。この構図、背景の参考になるな。写真とっとこ。

海沿いの小道をある程度歩いたところで、澄晴は何でもない風景を写真におさめた。

〈帰りに見つけた、良い感じの木。あとで背景の練習する〉

使い慣れたアプリを開き、写真付きでＳＮＳ《エスエヌエス》に投稿《とうこう》。

ログインしているアカウントのユーザー名は〝ソラ〟だ。ホーム画面に表示された自己紹介《しょうかい》の欄《らん》には、〈漫画家《まんがか》をめざしている中学生のアカウント〉と記している。空井澄晴の本当の顔——それはまさしく、この狭《せま》い画面の中にいる、もうひとりの自分だった。

ソラの夢は漫画家《まんがか》になること。小さい頃《ころ》から漫画が好きで、密《ひそ》かに絵の練習をしていた。澄晴はそれを誰かに告げたことなどないし、アカウントを友人に教えたこともない。だが、中学入学当時に一度だけ、ノートに描《か》いた漫画の一部を友人たちに見られたことがある。それはまさにトラウマだ。澄晴の絵をちらりと見ただけで、友人たちは口々に言い放った。『お前のキャラには似合わない』とか、『だいたい澄晴が漫画なんか描けるわけない』と。

その時の澄晴にとって、それらの言葉は猛毒《もうどく》以外の何物でもなかった。まるで作っている途中《とちゅう》だった砂の城を横からやってきた大きな波にさらわれてしまったかのような、そんな喪失《そうしつ》感によく似ていた。あれ以来、澄晴は本当の自分を表に出すことを恐《おそ》れ、夢すら口に出せなくなっている。

——まあ、別に、誰にも理解されなくていいけど。俺だけが、俺の漫画の良さを分かってりゃいいんだし……。

いつもの見栄っ張りな呪文《じゅもん》を頭の中で唱えながら、なんとなくやってきてしまった堤防《ていぼう》の段差に腰《こし》掛《か》け、海を眺《なが》めた。

ピコン。直後、耳に届いたのはスマホの通知音。画面をスワイプして確認すると、先ほどの投稿《とうこう》にいいねがついたという通知のようだった。一番にいいねをつけてくれたのは、SNSでのフォロワー・波音海歌《なみおとうみか》。その名前を確認した澄晴は無意識に頰《ほお》を緩《ゆる》ませる。

——海歌ちゃんは、いつも一番にいいねしてくれるな。

穏《おだ》やかな気持ちになりながらアイコンをタップし、海歌のページへと移動した。

SNS上で交流のある彼女は、写真家を目指しているという女の子らしい。タイムライン上には彼女の撮《と》った綺麗《きれい》な写真が定期的に流れてくる。直接話したことはないものの、互《たが》いのことをそれなりに知っている関係性。そして、澄晴の夢を応援《おうえん》してくれている数少ない友達のひとりだった。顔も声も本名も知らないが、その分、ネットの友達は気が楽だ。

そう思いつつ、澄晴は直近に投稿されていた写真にいいねを送った。するとその時、また別の通知音が響《ひび》く。澄晴宛《あて》にメールが届いたのだ。

〈短編漫画コンテスト・一次選考通過者発表のお知らせ〉

そんな件名で始まるメールに胸がざわつき、澄晴はがばりと前のめりになってスマホを見つめた。少し前に応募《おうぼ》していたコンテストの一次選考結果が出たらしい。心臓の音が速くなり、本文内に記載《きさい》されたリンク先を開く。

通過者の名前と作品名がずらりと並ぶ中、澄晴の名前は——。

「……ない」

どこにも、なかった。脱力《だつりょく》すると同時に、先ほどまでの強い緊張《きんちょう》と入れ替《か》わった喪失《そうしつ》感が、さざなみのように押《お》し寄せてくる。

応募数《おうぼすう》がそれほど多いコンテストではなかった。つまりライバルは少なかったはずなのだ。けれど、結果は一次選考落ち。公募サイトにログインすると講評まで入っており、〈キャラクターが薄《うす》い〉〈恋愛展開にリアリティがない〉〈上辺だけを取り繕《つくろ》わず、自分らしさを〉などとダメ出しが続いている。結局、自分の漫画《まんが》は認められなかったということだ。

「……自分らしさって……何だよ……」

掠《かす》れた声が漏《も》れて、唇《くちびる》を浅く噛《か》む。胸の中にモヤモヤと湧《わ》き出してきた弱い本音は指先へ伝わり、スマホの画面に文字を打ち込《こ》んでしまう。

〈コンテスト落ちた〉〈自信作だったのに〉〈俺、やっぱ向いてないのかも〉〈もう漫画描《か》くのしんどい〉

弱音を綴《つづ》り、勢いのまま連投。

だめだ。冷静に。落ち着かなくては――分かっているのに、友人たちの前では発したことのない言葉たちが漏れ出ていく。

〈切り替えなきゃと思うけど、できない。こんな自分、友達に見られたら失望されそう〉

弱い心を吐《は》き出して、指先ひとつで投稿《とうこう》完了。落選した事実を考えないようにしながら波の音に耳を傾《かたむ》けていると、しばらくしてスマホがピコンと音を鳴らした。

通知欄《らん》の一番上には、〝波音海歌〟の文字。どうやらコメントがきているようだ。

〈大丈夫？　元気出して。現実のお友達は、きっと君に失望なんかしないよ。ソラくんがずっとがんばってたってことを知ったら、むしろ応援《おうえん》してくれるんじゃないかな？　私も、ずっと応援してるよ〉

目に入ったのは、落ち込《こ》む澄晴を励《はげ》ます言葉たちだ。すさんでいた心が和《やわ》らぐのを感じつつも、どこか複雑な気持ちになり、澄晴は無意識に視線を落とす。

〈ありがとう。でも、俺、現実ではこんなキャラじゃないんだ。友達には見せられない。こんなの俺じゃないって言われそうで怖《こわ》い〉

思うままに返答すれば、海歌からの返事もすぐに返ってきた。

〈誰だっていろんな一面があるし、どっちも本当のソラくんだと思うよ。今こうして話している君の顔が、裏でも、表でも〉

そんな文章に添《そ》えられた画像。それは夕暮れ時の海を写した写真で、なだらかに凪《な》いだ海面にオレンジ色の空が反射している。海の中にも空が映し出されているその写真は、まるでふたつの空が同時に世界に存在しているかのような幻想的《げんそうてき》な風景写真だ。

〝本物の空も、海に反射した空も、同じ空である〟——都合よくそう考えると、気落ちしていた心がほんの少し楽になり、澄晴は微笑《ほほえ》んだ。

〈うん、ありがとう。自信はなかなか戻《もど》ってこないけど、やめずにがんばってみるよ〉

〝ソラ〟として返事を綴《つづ》り、澄晴はスマホの画面を消した。頭上に広がる空も、少しずつ薄《うす》ピンク色に染まり始めている。

まあ、コンテストがすべてじゃない。自分自身に言い聞かせ、澄晴は重い腰《こし》を上げた。優《やさ》しく言葉をかけてくれた海歌のおかげなのか、それとも自分の切り替えが早いだけなのか。先ほどまで絶望のどん底にいたような気がしたのに、今はなんとなく気持ちが軽い。

澄晴が残っていたコーラを飲み干した頃《ころ》、ピンポンパンポン、夕方五時の放送が鳴る。

『ブツッ——漁港の立ち入り禁止区域では、釣《つ》りと遊泳は禁止です——ゴミはすべて持ち帰りましょう——』

馴染《なじ》みの放送に耳を傾《かたむ》け、澄晴は気持ちを切り替えながら、改めて帰路につくのだった。

その翌日。登校早々、澄晴は周囲の浮《うわ》ついた空気感に違和感を覚える。いつでも賑《にぎ》やかな教室内だが、今日は特に騒《さわ》がしい気がした。「何かあった？」と近くにいたクラスメイトに問えば、彼は澄晴に耳打ちする。

「清水《しみず》と岩口《いわぐち》が付き合うことになったらしい」

「……え！」

「岩口から告ったんだってさ。しかも、今どきめずらしいラブレターで」

楽しげに告げられ、澄晴は「へえ！」と感心にも似た声を上げる。どうやら仲の良い友人に恋人ができたらしく、今朝はその話題でクラスが賑《にぎ》わっていたようだ。俺は昨日コンテストに振《ふ》られたってのに……と若干妬《じゃっかんねた》ましく思うが、素直にめでたいと考えて、さっそく友人カップルの冷やかしに参戦することにした。

「おい、ずるいぞ清水、お前もついにカノジョ持ちか！」

「うわっ、澄晴！　お前までやめろよ、恥《は》ずかしいだろ！」

「はー、羨《うらや》ましい！　俺ら貧民にも少しぐらい幸せ分けろよ！　幸せ独占《どくせん》反対！」

「んー、貧民には幸せ分けてやってもいいけど、お前は〝よわよわ大貧民〟だからな～」

からかうつもりが逆にからかわれ、澄晴は悔《くや》しげな表情を作る。だが、友人が幸せを摑《つか》んだのはめでたいことだ。澄晴は笑《え》みを浮《う》かべ、「おめでとう」と改めて友人の肩《かた》を叩《たた》いた。

「澄晴も、そろそろカノジョ作る頃《ころ》じゃないか～？」

ふと、そんな言葉をかけられ、澄晴は周囲に視線をめぐらせる。仲のいい友人たちは皆《みな》、多少なりとも恋愛経験があるということを澄晴は知っていた。それに比べて澄晴は、漫画《まんが》ばかり描《か》いていたせいもあって〝リアルな恋愛〟の作法をよく分かっていない。

「恋愛とか、誰かと付き合うのって、やっぱ楽しい？」

それとなくたずねてみる。すると友人たちは「当たり前だろ！」「心の支えだよ！」と口々に同意して頷《うなず》いた。心の支え――考えてみてもピンとこない。首を傾《かし》げる澄晴だったが、ふと、昨日の海歌の言葉が脳裏《のうり》によみがえる。

〈誰だっていろんな一面があるし、どっちも本当のソラくんだと思うよ。今こうして話している君の顔が、裏でも、表でも〉

表の自分と、裏の自分――澄晴の持つ二つの顔を、両方受け入れてくれる存在。それが〝恋人〟だとして、そんな存在が近くにいれば、少しは自信が持てるようになるだろうか。

「……ん～、そうだな。俺も、そろそろカノジョ欲しいかも」

考えることに集中しすぎてポロッと口走ってしまうと、友人たちは一気に盛り上がった。

「おお!?　澄晴、ついに恋愛する気になったのか！」

「えっ」

「おーい!!　澄晴がカノジョ募集《ぼしゅう》中だって！　誰かラブレター書いてやったら～？」

「お、おい、そんな大声で……」

友人たちの悪ノリに少々戸惑《とまど》う。だが、澄晴は〝誰かの期待に応える〟性格だ。分かりやすく敷《し》かれたレール。その上に立たされてしまった以上、この線路に沿って走り出す以外の選択肢《せんたくし》はない。注目を浴びる中、澄晴は強引に口角を上げ、胸を張った。

「いや……も、もちろん、ラブレター大歓迎《だいかんげい》！　二年一組の女子たち、この空井澄晴に、清きラブレターの一票を！」

いつものノリでおどけてみる。すると、教室内には笑いが起こった。

「いやいや選挙かよ」「空井くん、まーたふざけてる～」「あはは」

そんな声を聞きながら、澄晴もへらりと笑ったが、ちょうどその時、教室の隅《すみ》でこちらを見ていた美南の姿を視界にとらえる。

――あ、美南。

確かに目が合った。しかし、すぐに彼女の方から逸《そ》らされた。普段ならすぐに駆《か》け寄ってきてからかうような場面だが、近寄ってくるどころか、彼女の口元には笑《え》みすらない。

――あれ？　もしかして、昨日バス停にひとりで置いてったこと、怒《おこ》ってんのかな。

ほんの少し不安になりながら視線を送り続けてみるが、やはり目は逸《そ》らされたまま。声をかけるタイミングもなく、やがてホームルームの始まりを告げるチャイムが鳴り、その場はお開きとなった。

そして、いつもと同じ日常が始まる。朝のホームルームが終わり、午前中の授業が終わり、昼休みが始まり……このまま平穏《へいおん》に、一日が過ぎていくのだろうと思っていた。

だが、売店でパンを購入した澄晴は、教室へ戻《もど》る途中《とちゅう》の階段で足を止める。踊《おど》り場の壁《かべ》に取り付けられている鏡に、目立つ色の封筒《ふうとう》が堂々と貼《は》られていたからだ。

〈空井澄晴くんへ〉

黒いペンで記された名前。どく、どく、早鐘《はやがね》を打つ鼓動《こどう》。〝空井澄晴に、清きラブレターの一票を〟――教室で発した宣言が脳裏《のうり》をよぎる。

これって、まさか。もしかして、本当に……。

「らっ、らら――ラブレターだあぁ!?」

「澄晴が本当にラブレター貰《もら》ったあぁぁ!!」

愕然《がくぜん》と棒立ちしている澄晴を差し置いて、友人たちが騒《さわ》ぎ出し、通りすがりの生徒も沸《わ》き立つ。たちまち大盛り上がりとなった踊り場。あっという間に野次馬に囲まれてしまった澄晴は、「早く開けろよ！」「見せろ見せろ！」などと手紙の開封《かいふう》を急《せ》かされた。

いまだに状況を把握《はあく》できていない澄晴はうろたえたものの、その場の空気に流されるまま、マスキングテープで鏡に貼り付けられていた封筒を手に取る。

ごくりと生唾《なまつば》を呑《の》み、中に収められた便箋《びんせん》をゆっくり取り出して、深呼吸をした。そこに何が書いてあるのか。期待に胸が膨《ふく》らむ中、澄晴はそれを開く。そして――。

〈嫌《きら》い〉

たったの一行、たったの二文字。そんなシンプルなひとことが記されたラブレターの文面が披露《ひろう》され、ドッ、と周囲には大きな笑いが起こった。

「まったく、いったい何なんだ……？」

頭を抱《かか》え、澄晴はため息混じりに呟《つぶや》いた。その表情には困惑《こんわく》が色濃《こ》く表れていた。

手元には複数の封筒。中に入っている便箋には、いずれも〈嫌い〉というひとことが記されている。このラブレター……否《いや》、もはやヘイトレターと呼ぶべきそれは、あの一回だけに留《とど》まらず、ここ数日間で何度も校内の鏡に貼《は》り付けられていたのだ。

階段の踊《おど》り場から始まり、廊下《ろうか》、教室、更衣《こうい》室、果ては男子トイレに至るまで。とにかく学校中の鏡に〝空井澄晴くんへ〟の手紙が貼り付けてある。内容は毎回同じ、〝嫌《きら》い〟のひとこと。こんなタチの悪いイタズラを仕掛《しか》けてくるような人物はひとりしかいない。

「美南のやつめ、またしょうもないイタズラを……」

迷うことなく美南が犯人であると断定し、澄晴は腕《うで》を組んだ。

あのヘイトレターが鏡に貼り付けられるようになって以降、美南は不自然なほどに澄晴を避《さ》けていた。話しかけてもこないし、目すら合わせようとしない。その事実こそ、何か後ろめたいことがある証拠《しょうこ》だと澄晴は考えていた。

であれば現行犯逮捕《たいほ》してやろうと澄晴は決意し、密《ひそ》かに美南を待ち構えていると、しばらくしてついに、美南は澄晴の前に姿を現した。

「美南！」

呼び掛《か》けた直後、振《ふ》り向いた彼女。その顔は涼《すず》しげで、まるで最初から澄晴の登場を予測していたと言わんばかりの冷静な面持《おもも》ちだ。澄晴は美南に迫《せま》り、問い詰《つ》める。

「おい美南、お前だろ？　あの手紙」

「そうだよ」

押し問答を予想していた澄晴だが、問いかけた途端《とたん》に美南はあっさり認めてしまった。

思わずたじろぐが、それでも堂々とした態度の美南は、「返事は？」と逆に問いながら一歩近づいてくる。何のことかと小首を傾《かし》げると、彼女はさらに詰め寄ってきた。

「手紙の返事。してくれないの？」

「え？　返事って……〝嫌い〟って手紙への返事か？　いや、だってお前、ただ俺の反応見て遊んでただけだろ？　あんなこと、本気で思ってなんか……」

「思ってるよ。私は本気」

凛《りん》と背筋を伸《の》ばしたまま、まっすぐな瞳《ひとみ》で美南は言い切った。胸がちくりと痛み、澄晴は口を閉ざす。〝嫌い〟だと書かれた手紙の内容が本気だと宣言されたのだから、うろたえるのは当然だった。

「……冗談《じょうだん》だろ？　な、何か怒《おこ》ってんのか!?」

「ううん」

「この前バス停にひとりで置いて帰ったせい!?　それとも俺が大富豪《だいふごう》で弱すぎるから!?」

「どっちも違《ちが》う」

「だったらなんで……！」

「澄晴くんはさ」

澄晴の言葉を遮《さえぎ》り、美南は声をかぶせる。

「やっぱり、ちゃんと鏡見た方がいいよ」

たったそれだけ、意味深な言葉をその場に残して、美南は澄晴の横を通りすぎた。咄嗟《とっさ》に振《ふ》り向くが、美南を呼び止める声は澄晴の喉《のど》につっかえたまま何ひとつ出てこない。

結局澄晴は、その背中を追いかけることもできず、彼女を見送るしかなかった。

◇　◇　◇

漫画《まんが》を描《か》かなければ、と澄晴は思った。しかし、いくらタブレットの画面にペン先を押《お》し付けても筆が乗らず、一向に作画が進まなかった。自分で思う以上に気落ちしているのかもしれない。画面をブラウザに切り替《か》えながらため息を吐《つ》く澄晴の頭を悩《なや》ませていたのは、やはり、美南のことだ。

嫌《きら》い、という内容の例の手紙は、彼女を問い詰《つ》めて以降、ぱたりと鏡に貼《は》り付けられなくなった。だが、それと同時に美南とは本格的に言葉を交わさなくなり、今までゲームやその場のノリでふざけ合っていたのが嘘《うそ》のように、互《たが》いが互いを避《さ》けながら日々を過ごしている。ぽっかり、心に穴があいていた。喪失《そうしつ》感がぬぐえなかった。どうしてこんな気持ちになるのか……またひとつため息を吐いて、タブレットを操作し、SNSを開いて文字を打ち込《こ》む。こういう時の逃《に》げ込み先の大半は、この小さな画面の中だ。

顔も声も知らない人々の雑多な投稿《とうこう》が並ぶタイムラインを眺《なが》め、くだらない動画を再生したりして心を落ち着ける。そうして時間を潰《つぶ》していると、不意に波音海歌の投稿が流れてきた。なんとなく彼女のアカウントへ移動してみると、メディア欄《らん》には今日も美しい写真が並んでいる。それらをぼんやりと眺めて、投稿画像をさかのぼる途中《とちゅう》で、澄晴の目には少し前に海歌から送られてきた海の写真が飛び込んできた。

夕暮れ時の海。凪《な》いだ水面《みなも》に、オレンジ色の空が反射している。

〈誰だっていろんな一面があるし、どっちも本当のソラくんだと思うよ。今こうして話している君の顔が、裏でも、表でも〉

いつかコメントで彼女に励《はげ》まされた言葉を思い出しながら、澄晴は視線を落とし、また改めてイラストソフトを開いた。脳裏《のうり》には先日の漫画の講評がよぎる。

〈上辺だけを取り繕《つくろ》わず、自分らしさを〉

自分らしさ……取り繕わない自分……その答えは何なのだろう。

——澄晴くんはさ、やっぱり、ちゃんと鏡見た方がいいよ。

美南の言葉も脳内《のうない》で反芻《はんすう》する。本当の自分って何だ。鏡を見るって何だ。澄晴は海歌の写真を見つめながら考える。

そういえば、もともと自分は、どうして漫画《まんが》を描《か》き始めたんだっけ？

——ああ、そうだ……俺、本当の自分の胸の内を、自由にさらけ出せる場所が欲しかったんだよな。常識にとらわれず、誰の視線も気にせずに。

澄晴はずっと、誰かの望む反応をするのが正解だと思っていた。誰かの求める〝空井澄晴〟を演じていた。『澄晴らしいね』と言われると安心するからだ。でも、そうしているうちに、いつしか自分を演じることに疲《つか》れていた。だから澄晴は、ＳＮＳに〝ソラ〟を作ったのだ。しかし、ソラが画面の向こうで本音を漏《も》らす度《たび》、周囲のイメージする〝正解〟から遠のいていく気がした。

——俺は、どちらの〝俺〟を選ぶべきなんだろう。

考えてみても答えは出ない。澄晴はペンを走らせ、軸《じく》となる水平線を中央に描《えが》き、おおまかなアタリを取っていく。そして、上下でそれぞれ逆向きに反転している雲を描《か》いた時。ぴたり、澄晴の手の動きは止まった。

この水平線より上には、いつも見ている当たり前の空が。この水平線より下には、反射して水面《みなも》に映る空がある。同じ〝空〟でありながら、対《つい》となって向かい合う二つの存在が描《えが》かれている。まるで、空が海を泳いでいるみたいだ、と澄晴は思った。しかし次の瞬《しゅん》間《かん》、過去に投げつけられた言葉が澄晴の頭によみがえる。

『お前のキャラには似合わない』『だいたい澄晴が漫画なんか描《か》けるわけない』

ぐっ、と澄晴はペン先に力をこめた。自分のキャラとは何だろう。あの日、違《ちが》うと叫《さけ》びたかったのに何も言えなかったことを、心の奥底《おくそこ》ではずっと悔《く》やんでいる。

空が海を泳ぐわけがない。だが、キャンバスの中に間違いなどない。自分が思うままに〝海を泳ぐ空〟の絵を描《か》けば、それが〝正解〟となる。澄晴自身のことだってそうだ。ひとことで空と言っても、昼間の青い色の時もあれば、夕陽で橙《だい》色《だい》に染まる時もある。だが、どちらも同じ〝空〟の色に違いない。友人から見た澄晴のイメージがその時々で違う色をしていても、どちらも本当の澄晴。どちらも〝正解〟。たとえそれが、鏡に映したように反転して、真逆のイメージだったとしても。

「……あれ？　鏡？　反転？」

その時、ハッと澄晴は顔を上げ、例の美南の手紙を思い出した。〃嫌《きら》い〃と書かれ、いつも鏡に貼《は》り付けられていた手紙。そういえばあの手紙は、なぜいつも鏡に貼られていたのだろう。今になって澄晴は不思議に思った。

鏡に映ったものは反転する。〃嫌い〃の文字も反転する。

『ちゃんと鏡見た方がいいよ』——美南が澄晴に投げかけた言葉。静かに思案していると、ひとつの可能性が膨《ふく》らんでいく。

嫌いの反転……もしも、それが、言葉の〃意味〃を反転しろと言っているのだとしたら。

「あいつ、まさか……」

呟《つぶや》き、澄晴はようやく手紙の意図を理解する。〃嫌い〃の意味を反転するとしたら、それは〃嫌いじゃない〃ということ。つまり、〃好き〃ということになるのではないかと。

「——いや、分かるか!!」

ようやく答えを導き出し、澄晴は怒《いか》りすら覚えながらスマホを摑《つか》んで電話をかけた。繫《つな》げた先は美南の電話だ。数回のコールののち、意外にも彼女は通話に応じる。

『もしもし』

その声につい安堵《あんど》してしまいながら、澄晴は大きく息を吸った。

「おい、美南！　今どこにいるんだよ！」

『ええ？　いきなり何よ、物騒《ぶっそう》な。ご用件は？』

「答えが分かったんだよ、手紙の！　あれ、意味が反転してるってことだったのか!?」

『あらら、やっと鏡見たんだ？　長かったねえ』

「お前なあ!!」

『でも、澄晴くんってさ、そういう遊び心も〝嫌いじゃない〟……でしょ？』

くすり、電話の向こうで美南が笑う。直後、ピンポンパンポン、と音が鳴り、彼女の背後から聞き慣れたアナウンスが耳に届いた。

『ブツッ――漁港の立ち入り禁止区域では、釣《つ》りと遊泳は禁止です――ゴミはすべて持ち帰りましょう――』

その音声を耳で拾い上げ、澄晴はハッと時計を見やる。夕方五時の放送。どうやら美南は漁港近くの堤防《ていぼう》にいるらしい。彼女の現在地を把握《はあく》した澄晴は、「そこ動くなよ！」と言いながら家を飛び出す。履《は》き替《か》えた簡素なサンダル。坂道を駆《か》け下り、電話は繋げたまま海へ向かった。

「お前な、あんな手紙で俺が気づくわけないだろ！　もっと分かりやすい文面にしろ！」

『だから何度も鏡見てって言ったのに～。ヒントに気づけないなんて～』

「伝わるわけあるか！　だいたいなんであんなまどろっこしいことしたんだよ!?」

『だって、ちゃんと自分で気づいて欲しかったんだもん』

電話で口論しているうちに、澄晴は堤防《ていぼう》へとたどり着く。

波の音が騒《さわ》ぐ中、美南は段差に腰掛《こしか》け、柔《やわ》らかな笑顔で澄晴を見ていた。

「たとえ、印象が正反対でも、どっちの君も、本当の君。私は、そんな君をどちらも知っていて……それでいて、大好きなんだよ、って」

美南がそう言ってスマホの画面に映したのは、見覚えのある海の写真。夕暮れ時の水面《みなも》に、オレンジ色の空が反射している――それは、明らかに、〝波音海歌《なみおとうみか》〟がSNSに上げていたのと同じものだった。目を見開いた澄晴に、彼女は続ける。

「さて、ここで問題です。東岡美南《とうおかみなみ》、名前を並べ替《か》えると？」

「え……えっ？　とうおか、みなみ……なみ、おと、うみ、か――えええっ!?　まさか、お前、海歌ちゃん!?」

「せいかーい！」

美南は無邪気《むじゃき》に微笑《ほほえ》み、広大な海を見つめて言った。

「私ね、ずっと知ってたよ。澄晴くんの普段の顔も、裏の顔も」

海を見つめたまま告げる。ようやく真相にたどり着いて固まる澄晴に改めて向き直り、

〝東岡美南〟であり〝波音海歌〟である彼女は、楽しそうに目を細めた。

「と、いうわけで。今度こそ、正式に受け取ってもいいかな？」

「は……？　な、何を？」

「ラブレターの返事」

困惑《こんわく》が消えないまま、美南はいたずらっぽく笑って催促《さいそく》する。澄晴の顔はすぐさま赤くなり、しばらくだんまりをきめこんでいたが、やがて返事を待つ彼女にぼそぼそと小さな言葉を発した。

「……と、とりあえず、友達以上ってことで……」

「ふーん、いくじなしめ」

「うるっせ！」

いつも通りのじゃれ合いが戻《もど》ってきて安心した澄晴が顔を上げた時、その視線の先では、水平線を介《かい》して向かい合う夕暮れの空と海が、眩《まぶ》しく二人を祝福していた。

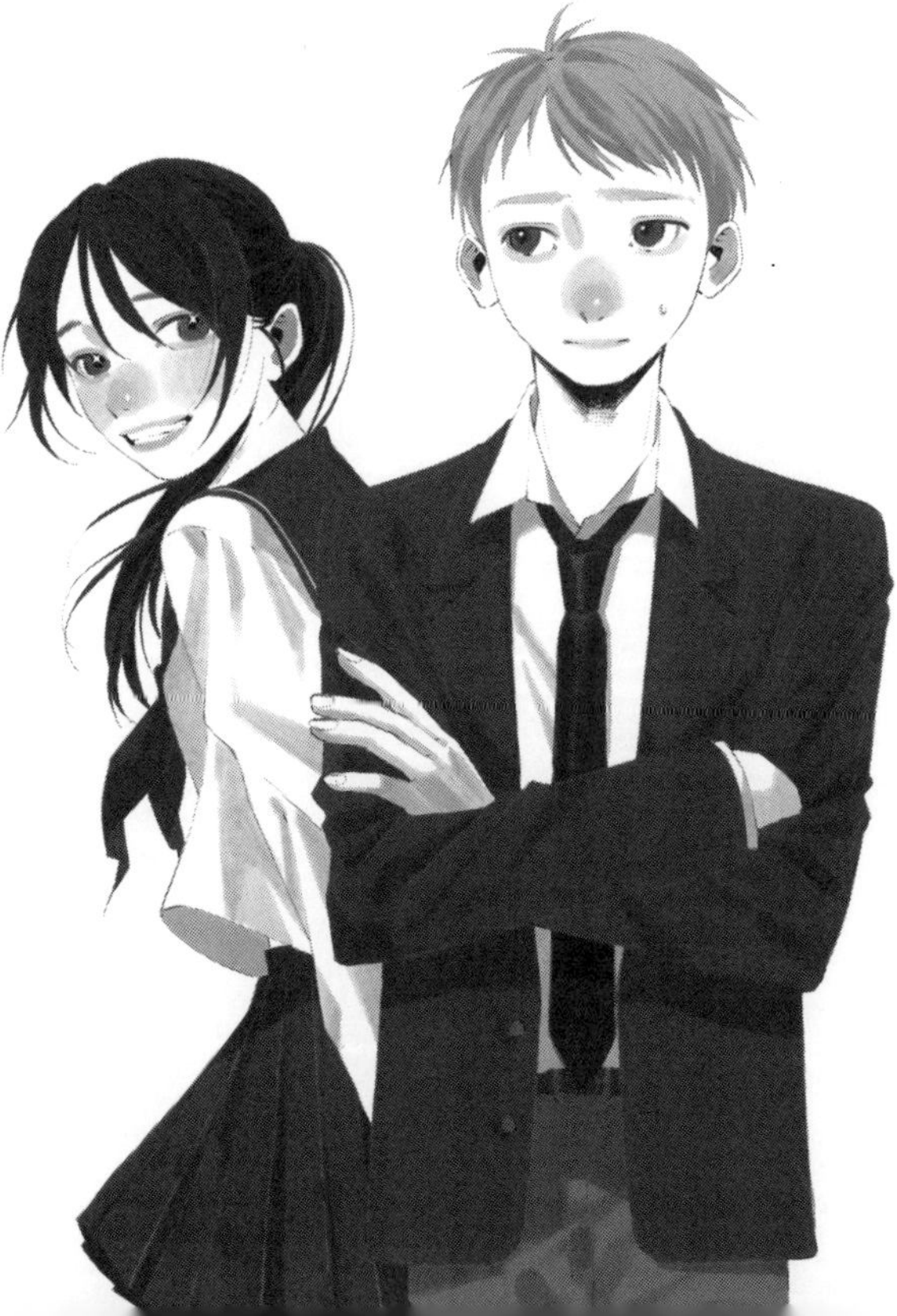

3

KNIGHT

# {STORY.03} 騎士

STORY.
03
Pieces of Memories

# 思い出の欠片《かけら》

おばあちゃんの家の少し古びた引き戸を開ける。いつもなら「いらっしゃい」と言って奥《おく》から出てきてくれるおばあちゃんの姿はない。代わりに家の中にはお線香の匂《にお》いが充満《じゅうまん》していて、先週行われたおばあちゃんのお葬式《そうしき》が夢ではなかったのだと思い知らされる。

「陽菜《ひな》は二階のおばあちゃんの部屋をお願いね」

お母さんの言葉に頷《うなず》くと、私は少し急な階段を上って二階へと向かう。

襖《ふすま》を開けるとそこは何回も来たおばあちゃんの部屋で、以前来たときと何も変わっていないように見えた。

前に会ったのは、中学二年の冬休み。次に来るときは高校の合格通知を持ってくるねって言ってたのに。

まだまだ元気そうだったおばあちゃんが、病気で急に亡《な》くなるなんて誰も思っていなくて。こんな形でまた訪れることになるなんて、あのときは想像もしなかった。

窓の外では太陽が輝《かがや》いているのに、おばあちゃんの部屋は静かで寂《さび》しくて薄暗《うすぐら》かった。

何をどう片付けていいかわからなくて、とりあえず押《お》し入れを開けてみた。でも、中には布団《ふとん》とアルバム、それから手のひらに収まるサイズの木箱があるだけだった。

(たしかおばあちゃんは、子どもの頃《ころ》引っ越して来てからずっとこの家に住んでたはず)

おばあちゃんは一人っ子だったので、おじいちゃんが婿養子《むこようし》となり、この家を継《つ》いだと聞いたことがある。綺麗《きれい》好きで片付け上手なおばあちゃん。そんなおばあちゃんが最後まで残していた木箱には、何が入っているのだろう。

好奇心が勝っていることは否定できないものの、片付けをするためと自分に言い訳して、そっと箱を開けた。

(……葉書?)

『小川優子《おがわゆうこ》様』と、おばあちゃんの名前が書かれた葉書が丁寧《ていねい》に紐《ひも》で括《くく》られて入っていた。箱の中にはそんな葉書の束が二つ。どうやらもらった葉書をこの木箱に入れて保管していたようだ。

紐をほどき葉書を一枚取り出すと、何気なく葉書を裏返した。

「わあ、素敵!」

あまりに綺麗《きれい》で、私は思わず声を上げた。そこには桜の絵が葉書いっぱいに描《えが》かれていた。満開の桜の絵に思わず口元が綻《ほころ》ぶ。こんな素敵な絵葉書なら、おばあちゃんが保管しておいても不思議はない。けれど——。

表面にも、桜が描《えが》かれた面にも差出人の名前はない。たまたま書き忘れたのだろうかと、次の一枚に手を伸《の》ばす。そこにもやはり名前はない。

気になるのはそれだけではなかった。

二枚目も三枚目も、それどころか残りの葉書を取り出して確認すると、全てに桜が描かれていた。もしかするとこれは、年に一度桜の時期に届いていたのかもしれない。

しかし、どの葉書にも差出人の名前は書かれていなかった。ここまで来ると私にも意図的に名前が書かれていないのだとわかる。でも、いったいどうしてだろう。

箱にはもう一つの葉書の束。こちらも念のため確認してみようと、箱の中に手を伸ばす私の耳に、聞き覚えのある声が聞こえた。

「陽菜ー？　片付け進んだー？」

絵葉書に夢中になっていた私は、階段を上がってくる足音に気付かなかったようで、開けっぱなしにしていた襖《ふすま》の方へ慌《あわ》てて顔を向けた。

「莉央《りお》ちゃん！」

「やほやほー。私も手伝いに来たよー」

渡辺《わたなべ》莉央ちゃんは一つ年上の従姉妹《いとこ》だ。小さな頃《ころ》、迷子になった私を助けてくれたこともあったりして、一人っ子の私にとってはお姉ちゃんみたいな存在だ。

莉央ちゃんは、おばあちゃん家《ち》がある『満月町《まんげつちょう》』の隣町《となりまち》、『太陽町《たいようちょう》』に住んでいる。おばあちゃん家まで自転車なら十五分ほどで着くこともあり、よく顔を出していたようだ。

「ねえねえ、莉央ちゃん。これって知ってる？」

私は莉央ちゃんなら何か知っているかもしれないと、先ほど見つけた絵葉書を見せた。

「葉書？　おばあちゃんの？」

「そうみたい。押《お》し入れを片付けようとしたらこの木箱があって、中に入ってたの」

「へえ。って、何これ。トランプ？」

木箱を覗《のぞ》き込《こ》んだ莉央ちゃんは、もう一つある葉書の束ではなくカードのようなものを取り出した。「3」と数字は書いてあるものの、ハートなどのマークがないそれには、「騎《き》士《し》」という文字と、今にも戦いをはじめそうな、甲冑《かっちゅう》を着た男の人が描《えが》かれていた。

「何だろ、トランプ……ではないみたいだけど」

どうしてそんなカードが木箱の中に入っているのか気になりつつも、今はそれより桜の絵葉書の方が気になる。私は、再び絵葉書に目を向けた。

「それより、この絵葉書。おばあちゃん宛《あて》のものなんだけど差出人の名前がないの」

「え、一枚も？　書き忘れたとかじゃなく？」

「名前どころか住所も書いてないからわざとだと思うんだよね」

「何それ気味悪い。でも、その絵葉書をおばあちゃんは大事に取ってたってことだよね」

古い絵葉書の消印は今から六十年以上前のものもあり、予想通りそのどれもが年に一度おばあちゃんのもとに届いていた。

木箱には、謎《なぞ》のカードと絵葉書の束が二つある以外何も入っていない。つまりおばあちゃんは、木箱を毎年届く絵葉書のために用意し、後生大事に持っていたということになる。

「うーん、誰からの葉書なんだろう。気になるけど、差出人の名前も住所もわかんないんじゃ、調べようがないし……」

「差出人が誰かはわからないけど、この人が住んでいた場所ならわかるよ。ほら、消印」

消印を指差すと、莉央ちゃんはパッと顔を輝《かがや》かせた。

「本当だ『月島《つきしま》』ってなってる。ここからだと高速船を使っても二時間以上かかるよ」

棚の上に置かれていたメモ帳に、莉央ちゃんは月島のだいたいの位置を描《か》いてくれた。

こういう位置関係になっているのかと、描いてくれた絵を見て感心してしまう。

「よく知ってるね」

「最近、地理の授業の発表でちょうど調べたところだったの」

V《ブイ》サインを向けながら莉央ちゃんは笑《え》みを浮《う》かべると、大量にある絵葉書を並べはじめた。どれも同じ桜だと思っていたけれど、少しずつ雰囲気《ふんいき》が違《ちが》って見える。よく見ると桜の木は同じでも背景に描かれた建物が変わっていた。それだけ長い年月、おばあちゃんに絵葉書を送り続けていたのだと思うと、どうしても二人の関係が気になってしまう。

二人の過去に思いを馳《は》せながら、もう一度絵葉書を手に取った私は、違和感《いわかん》を覚えた。

「あれ……？」

私は葉書の両面を一つ一つ確認しながら、葉書を二つに分けていく。やがて奥《おく》に数十枚、そして手前には十数枚の山ができていた。

「これは？」

首を傾《かし》げる莉央ちゃんに、私は消印を指差した。

「見て、ここ」

そこには『月島』と『新月町《しんげつちょう》』という二種類の消印があった。それを見て莉央ちゃんはハッと目を見開いた。

「こっちは月島からだけどここ十数年のものは全部、新月町から投函《とうかん》されてる!」

「似てる名前だから気付かなかったよね。それに、ほら」

葉書をひっくり返すと、桜の絵が見えるようにした。

「新月町の消印がついている葉書の桜の後ろには、紫色《むらさき》の花? みたいなのが描《か》かれているの。つまり同じように見えるけど、別のところで描かれた桜ってことだよね」

私の言葉に、莉央ちゃんは何かを考え込《こ》むように呟《つぶや》く。

「……住む場所が変わってからも、よく似た桜を描いて送り続けている理由って何がある? しかも、送ってるのっていつも桜の時期が終わってからだし……」

うーんと唸《うな》ってみるけれど、答えが出ることはない。

「そういえば葉書の束ってもう一つあったよね。あれも桜なのかな?」

ふと思い出して、木箱からもう一つあった葉書の束を取り出した。そこにあったのは、宛先《あてさき》の書かれていない、葉書の束だった。

「『今年の桜も綺麗《きれい》ですね』『いつか見た桜を思い出します』『あのときは本当にごめんなさい』『桜もあなたもお変わりありませんか』これって、さっきの絵葉書への返事?」

「もしかして差出人が誰か、おばあちゃんにはわかっていたのかな」

「かもしれないね。届くたびに書いてたんだ。出すこともない葉書を毎年、毎年……」

出さなかったのか、出せなかったのかは私たちにはわからない。でもおばあちゃんは、どんな想《おも》いでこの返事を書いていたのだろう。

「なんか、切ないね」

部屋の隅《すみ》の小さな文机《ふづくえ》。その前に座ってペンを執《と》るおばあちゃんの姿が、今にも目に浮《う》かぶようだった。

「……片付けようか」

「そうだね」

おばあちゃんと差出人の関係はわからないけど、でもこうやって押《お》し入れの奥《おく》に隠《かく》すようにして大事にしまっていた想いを、私たちが勝手に踏《ふ》み荒《あ》らしてはいけない気がする。

葉書の束をそっと木箱へと戻《もど》した。このまま見なかったことにしようと、私はもう一度、おばあちゃんが書いていたたくさんの葉書に視線を落とした。

見なかったことにしておいた方がいいと、頭ではわかっている。けれど――。

毎年書いていた返事。出したくなかったわけではないはずだ。なのに今のままじゃ、おばあちゃんがずっと返事を書いていたことすら、伝えることができなくなってしまう。

(そんなの、嫌《いや》だ!)

私は顔を上げると、莉央ちゃんを真っ直《す》ぐに見つめた。

「ねえ、莉央ちゃん。私……この葉書、差出人に届けたい」

「え、えええっ」

困惑《こんわく》した表情を莉央ちゃんは浮《う》かべる。そりゃそうだ。住所どころか、名前すらもわからない人に葉書を届けたいと言っているのだから。無茶だってことはわかってる。でも、このままじゃおばあちゃんも未練が残ってしまう気がする。

「私、おばあちゃんの心残りをなくしたい!」

「私もそう思うけど……でも、どうやって?」

「それは……」

莉央ちゃんの疑問は当然のことだった。でも、どうやって届ければいいのか、今の私には見当もつかない。

「わからない、けど、でも——」

「ちょっと二人とも! 何も進んでないじゃない!」

私が言い終わるよりも早く、お母さんの怒《おこ》ったような声が聞こえて慌《あわ》てて振《ふ》り返った。

あんなにも明るかったはずが、窓の外はいつの間にか薄暗《うすぐら》くなっていた。

「陽菜はそろそろご飯だから下りてきなさい。莉央ちゃんはどうする？　食べていく？」

「あ、えっと、多分母が準備していると思うので帰ります」

慌てて木箱の蓋《ふた》を閉めると、私たちは立ち上がる。お母さんは私たちを不審《ふしん》そうに見ていたけど「早く下りてきなさい」と言い残し、部屋をあとにした。

「また明日来るから、それまでにお互《たが》いどうやったら届けられるか考えとこうよ」

莉央ちゃんの言葉に、私は勢いよく頷《うなず》いた。どうしても気になって、一枚だけ持ち出した絵葉書を後ろ手に隠《かく》しながら。

素早く明日の約束をすると、玄関《げんかん》を出る莉央ちゃんを見送り、私は両親の待つ居間へと向かった。唇《くちびる》をギュッと結び、絶対に届ける方法を見つけ出すんだ、と決意して。

晩ご飯のあと、私は居間の隣《となり》にある和室で畳《たたみ》の上に寝転《ねころ》がりながら、おばあちゃんの絵葉書を電気の光に透《す》かした。当たり前だけど、文字が浮き上がって出てきたりはしない。

私が言い出したのだから、明日莉央ちゃんが来るまでに一つぐらいはいいアイデアを考えておきたいのに。

（どうしたらいいのか、全然わかんないよ……）

何度目かのため息をついていると、誰かの影《かげ》が私の上に落ちてきた。

「何をやってるの？　葉書なんて持って」

「あ、お母さん」

慌《あわ》てて畳《たたみ》から起き上がると、お母さんは私の手の中の絵葉書を覗《のぞ》き込《こ》んだ。

「綺麗《きれい》な桜の絵ね」

「だよね。でもどこの桜かわかんないの。多分、新月町ってところだと思うんだけど」

私の言葉にお母さんは何かを考えるように黙《だま》り込んだあと、居間でテレビを見ていたお父さんに声をかけた。

「ねえ。これって新月町にある、海の近くのあの桜じゃない？　ほら、月島桜《つきしまざくら》！」

お母さんの言葉に、お父さんはこちらにやってくると私の手から絵葉書を取り上げた。

「ああ、たしかに。新月町のあそこだな」

「え、場所わかるの？　どうして？」

「桜の木の後ろに紫《むらさき》色の花が描《か》いてあるだろ？　これ、多分藤《ふじ》の花じゃないかな」

お父さんが指差した先の紫色の花は、言われてみれば藤の花に見える。

「有名なんだよ。新月町名物『ピンクと紫のマリアージュ』っていってな。この桜は月島桜っていう遅咲きの桜なんだ。月島以外では、新月町のそこにしか咲《さ》かないらしい」

「月島?」

不意に出てきた聞き覚えのある地名に、私は食いつくように尋《たず》ねた。

「ん? ああ、そうだ。月島は、母さん……陽菜のおばあちゃんが小さい頃《ころ》に住んでいた島なんだ。子どもの頃その島で撮《と》った写真を見せてもらったよ。『姉妹みたいに仲のいい友だちがいたの』って、嬉《うれ》しそうに話していたなぁ。懐《なつ》かしい」

「月島桜といえば、二人で新月町に見に行ったこともあったわよね。たしか季節はちょうど今頃《いまごろ》……」

お父さんとお母さんは、昔を思い出すように話しはじめる。けれど私は思い出話どころじゃない。思わぬ収穫《しゅうかく》にその場で跳《と》びはねそうになるのを抑《おさ》えるのに必死だった。

おばあちゃんが昔、月島に住んでいたこと。そして月島と新月町にしか咲かない遅咲きの桜があること。まさかこんなヒントが手に入るなんて、想像もしていなかった。

「ね、ねえ。その桜、莉央ちゃんと一緒に見てきてもいい? たとえば明日、とか」

「ええ？　そんな急に言われても」

平静を装うように言った私の言葉に、お母さんは眉《まゆ》をひそめた。

「お願い！　おばあちゃんが好きだった思い出の桜を私も見てみたいの！」

必死に頼《たの》み込《こ》む私の姿に、お父さんが口を開いた。

「行ってきてもいいぞ」

「ホントに!?」

「その代わり、午前中はしっかり片付けを手伝うこと。それから門限を守る。いいね？」

「うん、約束する！　ありがとう！」

お父さんに返事をしながらそっとお母さんを見ると、仕方ないわね、とばかりに肩《かた》をすくめていた。これであの桜を見に行ける。絵葉書に描《か》かれた桜が見つかれば、差出人に繫《つな》がる何かが見つかるかもしれない。そう思うとはやる気持ちを抑《おさ》えきれず、その日の夜はなかなか寝付《ねつ》くことができなかった。

午前中に片付けを終えると、もう一度押《お》し入れの中のおばあちゃんの木箱を手にした。

「おばあちゃん。大切な葉書、ちょっとだけ借りるね」

小さく囁《ささや》いて、木箱の中の葉書の束を紙袋《かみぶくろ》に詰《つ》める。

階段を下りて、大急ぎでお昼ご飯を食べた。そして、莉央ちゃんがやってくるとすぐおばあちゃんの家を出た。昨日の話は、夜のうちにメッセージアプリで伝えてあった。

新月町までは電車を使って、三十分ほどで到着《とうちゃく》した。おばあちゃんの家がある満月町とは違《ちが》い、海がすぐ近くにある新月町は、磯《いそ》の香りで溢《あふ》れていた。

「えっと、地図の通りならこっちかな」

「こっちの道じゃない？　ほら、あっちに公園があるみたいだし」

お父さんの地図を頼《たよ》りに、どうにか絵葉書の場所へとたどり着くことができた。

「うわー、凄《すご》い。本当に桜と藤《ふじ》の花が一緒《いっしょ》に咲《さ》いてる」

「ってか、今の時期に桜が満開なのビックリなんだけど」

目の前に広がる光景に思わず見とれてしまう。それは私たちだけではないようで、同じように足を止めて桜と藤の花に目を奪《うば》われている人が何人もいた。

持ってきた絵葉書に描《えが》かれた桜と藤の花の絵と、目の前の桜の木を見比べる。どうやら絵葉書に描かれていたのは、この桜で間違いないようだった。

（でも、ここからどうやって捜《さが》せばいいんだろう……）

差出人の名前もわからなければ、住所もわからない。考え込む私の隣《となり》で、莉央ちゃんは辺りを見回しながら言った。

「とりあえずこの辺で、三階建て以上の建物を探そう」

「どうして三階建て？」

首を傾《かし》げて尋《たず》ねると、莉央ちゃんは私が紙袋《かみぶくろ》に入れて持ちだした葉書の束の中から、月島と新月町、それぞれの消印が押された葉書に描《か》かれた桜の絵を見せた。

「古い絵葉書に描《えが》かれていた絵は、今の私たちみたいに下から見上げるようにして描《か》いてあるの。でも、新月町に消印が変わってからは、ほら。目線が上になってる。たまたま高い位置から描いているのかもしれないし、もしかしたらそこに住んでるのかもしれない。どっちにしてもその場所を見つけることが、手がかりになるんじゃないかって思って」

「たしかに！　莉央ちゃん凄《すご》い！」

言われてみればその通りなのだけれど、私には気付くことができなかった。

「へへ、それほどでも。でさ、この辺で三階建て以上の建物っていうと」

ぐるっと辺りを見回す莉央ちゃんにつられるようにして、私も周囲に視線を向ける。この辺りには意外と背の高い建物が少ない。あるとすれば灯台、鉄塔《てっとう》、それから――。

私たちは顔を見合わせて頷《うなず》くと、介護施設へと向かって走った。

灯台や鉄塔には登れないだろうし、他にちょうどよさそうな建物も見当たらない。

「あそこからなら桜も藤《ふじ》の花も見えそう！」

見つけたのは『新月介護施設《しんげつかいごしせつ》』と書かれた五階建ての建物だった。

「介護施設《かいごしせつ》！」


介護施設の受付に着いて、絵葉書について尋ねた。けれど――。

「ごめんなさいね、入所者さんのことについて勝手に話すことはできないの」

受付の人は申し訳なさそうな表情を浮《う》かべて私たちに言う。

「この絵葉書を描《か》いた人に心当たりがあるかだけでも教えてもらえませんか？　それかこれが描けそうな、高い位置にある部屋とか屋上を見せてもらうとか」

頼《たの》みながらも、自分自身無茶なことを言っていると正直わかっていた。それでもせっかくここまで来たのだから、諦《あきら》めることはできない。

「関係のない人を通すことはできない規則なの。ごめんなさいね」

それでもやっぱり受付の人は首を横に振《ふ》り、どうしても無理なのだと思い知らされた、そのときだった。

「あのっ」

私たちを呼び止める声に振《ふ》り返ると、そこには高校生くらいの男の子が立っていた。

「その絵葉書、祖母が描《か》いたものかもしれなくて。よければ見せてもらえませんか？」

「え……」

突然《とつぜん》のできごとに、一瞬《いっしゅん》ためらう。けれど、今は少しでもヒントが欲しい。私は、絵葉書を男の子に差し出した。

「ありがとうございます！」

男の子はお礼を言って受け取ると、絵葉書に描かれた桜を見つめた。そして――。

「きっと、そうだ」

ポツリと呟《つぶや》きながら、絵葉書を持つ男の子の手に力が入ったのがわかった。

「……祖母に、会ってもらえませんか」

真っ直《す》ぐに私たちを見つめながら、男の子は言う。その言葉に私たちは顔を見合わせると「お願いします！」と声を揃《そろ》えて言った。

男の子は自分のことを坂口遥《さかぐちはるか》と名乗った。おばあさんは誠子《せいこ》さんというらしい。

「どうして声をかけてくれたんですか？」

「祖母が出していた絵葉書について、僕もずっと気になっていたんです」

疑問を口にする私たちに、遥君はそう答えると静かに歩いていく。私たちは遥君に案内してもらい介護施設《かいごしせつ》の三階へ向かうと、多目的ルームと書かれた部屋の前に立った。

「ここです」

この中に絵葉書の差出人がいるかもしれない。おばあちゃんがずっと返事を送りたかった人が。そう思うと心臓の音が大きくなる。

「おばあちゃん、僕だよ」

中へと入っていく遥君を追いかけて、私たちは多目的ルームへと足を踏《ふ》み入れた。

──そこには、車椅子《くるまいす》にもたれかかるようにして、桜の花を見ながら絵を描いている人の姿があった。遥君が耳打ちすると、その人はゆっくりとした動作でこちらを振り返った。

白髪《しらが》で優しそうな表情を浮《う》かべた上品なおばあさんだった。

「あ、こ、こんにちは。私、小川《おがわ》陽菜です。こっちが渡辺莉央ちゃんです」

「こんにちは。私は坂口誠子です」

坂口さんは目尻《めじり》に皺《しわ》を作りながら笑《え》みを浮《う》かべる。その笑顔に少し、緊張《きんちょう》がほぐれた。

「わ、私。あの、おばあちゃんがいて、その……小川優子って、ご存じですか?」

私の問いかけに坂口さんは少し驚《おどろ》いたように目を見開いたあと、表情を和《やわ》らげた。

「ええ、もちろん知っていますよ」

身体を起こし、すこし掠《かす》れた声でそう言うと、私たちを手招きした。

「二人とも子どもの頃《ころ》の優子ちゃん――おばあちゃんの面影《おもかげ》があるわ」

笑顔の坂口さんに、おばあちゃんの面影があると言われた私たちは嬉《うれ》しいような恥《は》ずかしいような気持ちで思わず顔を見合わせた。

私たちを見つめながら、遠い記憶《きおく》を思い返すように坂口さんはそっと瞼《まぶた》を閉じた。

「――私たちは月島で生まれ育ったの」

しばらくして、坂口さんはぽつりぽつりと思い出話をはじめた。

「月島は子どもの少ない小さな島でね、年も性別も関係なくみんな仲良く遊んでたの。同い年の子どもは少なくて、私とひとつ年下の優子ちゃんはいつも一緒《いっしょ》にいたわ。周りからは姉妹みたいに仲がいいわね、なんて言われたりしてね」

それは初めて聞く、おばあちゃんの子どもの頃《ころ》の話だった。

「今みたいにどこの家庭にもゲームやテレビがあるような時代ではなくて、遊ぶといえば外で虫を捕《つか》まえたり木に登ったり……。二人とも桜の木が好きでね、いつも一緒に月島桜の下にいたわ。二人で木の根元にある穴に宝箱を入れたりしてね。懐《なつ》かしいわ」

目を細めて窓の外を見つめる坂口さんの視線の先には、新月町に咲《さ》く月島桜があった。

でも、もしかすると今の坂口さんの目には、新月町ではなく子どもの頃に見た月島の桜が映っているのかもしれない。

「おばあちゃんと、仲がよかったんですね」

私の言葉に坂口さんは、小さく唇《くちびる》を噛《か》みしめた。

「そう、ね。仲がよかったわ。好きな食べ物も、遊びも、全部同じだった」

「素敵な関係ですね」

「……でも、それも全部私がダメにしてしまったの」

寂《さび》しそうに言う坂口さんに、私は口をつぐんでしまう。

「ダメに？　何があったんですか？　ケンカとか？」

でも莉央ちゃんは物怖《ものお》じすることなく、坂口さんに尋《たず》ねた。そんな莉央ちゃんの少し不《ぶ》躾《しつけ》な質問にも、坂口さんは嫌《いや》な顔ひとつせず答えてくれる。

「そうね、ケンカ。ケンカみたいなものね。きっかけはちょっとしたことよ。私と優子ちゃんが同じ男の子を好きになっちゃってね。ある日、友だちが私とその男の子が両想《おも》いだってはやしたてたの。でも私は嬉しいより、優子ちゃんに申し訳ないって思っちゃって」

その気持ちは、わかる気がした。私だって、もし同じようなことがあればきっと気まずく思ってしまうに違《ちが》いない。

でも、莉央ちゃんは違った。

「どうして？　そんなこと思われたなんて知ったら、私だったら絶対に嫌《いや》ですよ」

口を尖《とが》らせると、莉央ちゃんは言葉を重ねる。

「おばあちゃんと友だちでライバルだったんですよね？　なのに気を遣《つか》われたなんてみじめだし、そんなのおばあちゃんに失礼ですよ！」

「莉央ちゃん、言い過《す》ぎ――」

「優子ちゃんも、同じように言って怒《おこ》ってたわ。ライバルなのに遠慮《えんりょ》するなんてって。今のあなたと同じようにね」

目を伏《ふ》せると、坂口さんは大切な何かを思い出すように静かに口を開く。

「でもね、私にとっては好きな男の子なんかより優子ちゃんの方がずっと大切だったの。

優子ちゃんとの関係が壊《こわ》れるぐらいなら、好きな男の子のことなんてどうでもいいって思うぐらいに」

「……仲直り、できなかったんですか？」

あまりにもつらそうに言うから、不安になる。そんな私に、坂口さんは静かに頷《うなず》いた。

「その日を境に、優子ちゃんは学校に来なくなったの。家に行っても誰もいなくて……」

「え？」

坂口さんは桜から私たちへと視線を戻すと、寂《さび》しそうに笑った。

「約束なんかしなくても、いつだって優子ちゃんに会える。そう思ってた。でも翌日も、そのまた翌日も優子ちゃんが姿を現すことはなかったわ」

さよならも告げないままおばあちゃんが月島を出て行ったことを知ったのは、ケンカから三日後のことだったそうだ。

「そんなの……！」

「私も一言ぐらい声をかけてくれてもよかったじゃないの、と当時は思った。けど、それぐらい優子ちゃんが怒ってたのかもしれないって思うと……」

「会いに行って謝《あやま》ればよかったのに」

不服そうな莉央ちゃんに、坂口さんは優しく諭《さと》すように微笑《ほほえ》みかけた。

「会いに行きたかったわ。でも、子どもだった私には島を出るということは一大事で、とてもじゃないけど、現実的じゃなかった。――島を出られるようになった頃《ころ》にはもう、時間が経《た》ちすぎてたの」

おばあちゃんもわかっていたのかもしれない。島を出てしまったら、きっともう会えなくなるって。だから何も言わずに――。

私は隣《となり》に立つ莉央ちゃんに視線を向けた。もしももう二度と莉央ちゃんに会えないとしたら私は、素直にさよならを告げることができるだろうか。

「――あれは、優子ちゃんがいなくなってしばらくしてからのことよ。いつも二人で見上げた月島桜へ一人で向かった私は、木の根元に入れてあった宝箱を取り出したの。ちゃんと宝物は持って行ったかしら、そんな確認のつもりだったわ。そっと蓋《ふた》を開けると、中には二人で集めた綺麗《きれい》な石や木の実、そして一枚の葉書が入っていたの」

「葉書……？」

「その葉書に言葉は何もなくて、ただ優子ちゃんが描《か》いた桜の絵だけがあったわ。それを見てようやく気づいたの。それまではずっと、さよならも言いたくないほど嫌《きら》われたんだとばかり思っていたけど、そうじゃなかったのかもって。少なくとも絵葉書として描き残すぐらいには、二人で過ごしたこの場所が優子ちゃんにとって大切なものになってたのかもしれないって」

坂口さんは表情を和《やわ》らげ、話を続けた。

「だから、島のことを忘れてほしくなくて、忘れたい思い出にしてほしくなくて……。親同士も仲がよかったから、両親に優子ちゃんの住所を教えてもらって桜の絵を送り続けたわ。何年も、何年も」

「……それじゃあ、坂口さんだったんですね。あの絵葉書を描いていたのは」

遥君の言葉で予想はついていた。でも私はどうしても坂口さん本人の口から聞きたかった。この絵葉書の差出人が誰であるかを。

私の問いかけに、坂口さんは優しく笑《え》みを浮《う》かべて「そうよ」と頷《うなず》いた。

(やっぱり坂口さんが、絵葉書の差出人だったんだ……!)

おばあちゃんが大切にしていた絵葉書の差出人が、今私たちの目の前にいる。まるで奇《き》跡《せき》みたいな出来事に心臓のドキドキが収まらない。でも——。

「どうして差出人の名前を書かなかったんですか?」

ずっと気になっていた。ためらうような間のあと、坂口さんは話しはじめた。

「……怖《こわ》かったのかもしれない。嫌《きら》われたわけではないとわかっていたものの、もしもそれが勘違《かんちが》いだったら。私のせいで、優子ちゃんが大好きだった桜のことまで嫌いになったら。そう思うと、どうしても名前を書くことができなかった。……臆病者《おくびょうもの》ね」

そんなことないと、私は必死に首を横に振《ふ》った。だって、私たちは知っていた。おばあちゃんがどれほど坂口さんからの桜の絵葉書を大事にしていたかを。

「でも、おばあちゃんはわかっていました。絵葉書の差出人があなただってことを」

私の言葉に坂口さんは小さく息を呑《の》むと「そう……」と呟《つぶや》いた。

「こうしてあなたたちが会いに来てくれたってことは、迷惑《めいわく》だとは思われてなかったたってことかしら」

そう言って坂口さんは、まだ絵の具の乾《かわ》ききらない絵葉書を私たちに差し出した。

「春先に少し体調を崩《くず》してしまって、今年はまだ送れてなかったの。もしよければ、持って帰っておばあちゃんに渡してくれるかしら」

坂口さんの言葉に、私は莉央ちゃんに視線を向けた。莉央ちゃんも同じように言葉に詰《つ》まり私を見つめていた。

私は拳《こぶし》をギュッと握《にぎ》りしめると、口を開いた。

「おばあちゃんは……病気で、突然……」

言葉に詰まり、最後まで言い切ることはできなかった。けれど坂口さんは、私の言葉の続きを察したように息を呑むと、静かに目を閉じた。

「まさか、そんな……」

肩《かた》を落とすその様子があまりにも寂《さび》しそうで、胸がキュッと締《し》め付けられる。こんなにもおばあちゃんのことを大切に想《おも》ってくれていたのに――。

「あのっ。……これ、どうぞ」

私は手に持っていた紙袋《かみぶくろ》から葉書の束を取り出し、坂口さんに差し出した。

「これは……？」

「おばあちゃんからの返事です。きっとあなたへ宛《あ》てたものだと思います」

坂口さんはそっと受け取ると、驚《おどろ》いたような表情を浮《う》かべたまま、葉書の束を見つめていた。おばあちゃんの気持ちは、私たちにはわからない。でも――。

「毎年、返事を書いていたみたいです」

差出人は坂口さんとわかっていたのに返事を送れずにいたのは、そんな別れ方をしてしまったからなのか。おばあちゃんもまた、素直になれなかったのかもしれない。

「そう、なの……。ありがとう」

おばあちゃんからの葉書を握《にぎ》りしめ、坂口さんは窓の外に見える桜へ視線を向けた。

——長い沈黙《ちんもく》が、私たちを包む。

不意に、坂口さんの頬《ほお》を、薄《うっす》らと涙《なみだ》が伝い落ちた。

嬉《うれ》しさや悲しさ、寂《さび》しさに切なさ。いろんな感情がその涙に込《こ》められている気がした。

「坂口さん、このカードに見おぼえは、ありませんか？」

そういえば、と私はずっと気になってこっそり紙袋《かみぶくろ》に忍《しの》ばせていた、あの「騎士」が描《か》かれたカードを見せた。

絵葉書の束と一緒にしまってあったものだ。坂口さんなら何か知っているかもしれないと、そう思ったから。でも、坂口さんは「ごめんなさい」と首を振《ふ》った。

「私にはわからないわ。でも、この『騎士』のように戦っていたわけではないけれど——お互《たが》い意地を張らず素直になれてたら、何かが変わっていたのかもしれないわね」

今はもういないおばあちゃんへと伝えるかのように、そんな言葉を口にして。

「これを、おばあちゃんの遺影《いえい》のそばに飾《かざ》ってくれないかしら。……最後の、月島桜だって」

そう言って、坂口さんは完成した絵葉書を私たちに手渡《てわた》した。絵葉書を静かに受け取ると、私たちは坂口さんとその車椅子《くるまいす》を押《お》す遥君に挨拶《あいさつ》をして、介護施設《かいごしせつ》をあとにする。


介護施設の外に出ると、近くの港から月島へと向かう船が、夕日の沈《しず》みはじめた海へと出航していくのが見える。私は手にした最後の絵葉書へと視線を落とす。差出人の名前のない謎《なぞ》の絵葉書の正体は――おばあちゃんとの思い出が詰《つ》まった言葉のない手紙だった。

「――おばあちゃん、喜んでくれてるかな」

「そうだといいよね」

そんな話をしながら歩いていると、風に乗ってあの桜の花びらが私の手のひらに舞《ま》い落ちてきた。満開の新月町の桜もやがて散り、季節は移り変わる。まるで夢の欠片《かけら》のように残った新月町の切なく儚《はかな》い桜の季節も、そろそろ終わろうとしている。

二人の優しくて慈《いつく》しむような時間が、終わりを迎《むか》えたように。


莉央ちゃんと別れ、私はおばあちゃんの家へと戻《もど》る。片付けも今日で終わりだ。明日には自分たちの住む街に帰る。

両親に「ただいま」と声をかけると、お線香の匂《にお》いに包まれた部屋の襖《ふすま》を開けた。押《お》し入れの中の木箱に、絵葉書の束をそっとしまう。

仏壇《ぶつだん》の前に座ると、私は姿勢を正して手を合わせた。

「おばあちゃん、今年の月島桜だよ。それから、ちゃんとおばあちゃんの想《おも》い、届けたからね」

私は遺影《いえい》の前に、最後の絵葉書を置いた。新月町に咲《さ》く、月島桜の花びらとともに。

もう一度おばあちゃんの遺影に手を合わせてから立ち上がる。仏壇に背を向けた私の耳に、カタンという音が聞こえて思わず振《ふ》り返った。

視線の先には、おばあちゃんの遺影。写真の中のおばあちゃんは、どこか嬉《うれ》しそうに微《ほほ》笑《え》んでいるように見えた。

# {STORY.04} 僧侶

STORY.
04
The Last Love Letter

# ラスト・ラブレター

「今日から隼斗《はやと》の面倒《めんどう》をみてくれるロボットだ」

桐島《きりしま》家にそのロボットが届いたのは、隼斗が小学二年生の時だった。

ちょうど世間で「お手伝いロボット」がリリースされた頃《ころ》で、機械いじりの好きな隼斗の父が、新製品のロボットをレンタルしたのだ。

「お父さんが仕事の日も、ロボットが宿題をみてくれるからな。しっかり勉強しなさい」

厳格な父はロボットがいれば安心だと思ったようだが、隼斗は複雑な気持ちだった。

隼斗は物心がつく前に母を亡《な》くし、それ以来父と二人暮らし。父の仕事が忙《いそが》しかったため、今までは学校から帰るといつも一人だった。

鍵《かぎ》でドアを開けて家に入り、買い置きのお菓子をのんびりと食べ、宿題をしたりゲームをしたりする。寂《さび》しさを感じることもなかったわけではないが、一人が当たり前になっていた隼斗はその生活にも慣れていた。

時には棚《たな》の奥《おく》にしまってあった、父の古いラジカセのスイッチを入れ、流れてくる音楽を聴《き》く。そんな気楽な時間が、隼斗はいつの間にか好きになっていたのだ。

静まり返った家に突然《とつぜん》やってきた真新しいロボットを、隼斗はしげしげと見上げた。

見た目はヒト型の、いわゆるロボットだ。身長は大人と同じくらいで、無機質な顔つきをしている。

ロボットがしてくれるのは、主に人間の話し相手だ。質問すれば豊富な情報量で、なんでも答えてくれる。一人が好きな隼斗には必要ないと思ったが、父が言うことには従わなければならない。隼斗はおそるおそるロボットに近づいた。

「……ねぇ、ロボットさん。お名前はなんていうの？」

「私は、シリアルナンバー『101X《エックス》00008』です」

隼斗の声に、ロボットが女性ボイスで答える。父が初期設定で、この声を選んだらしい。

「それがお名前なの？　へんなの。じゃあ、最後が8番だからハチって呼ぶね」

犬の名前みたい、とも思ったけれど、仲よくなるにはニックネームが必要だ。

「ハチ。僕の名前は隼斗っていうんだ」

「ハヤトさま」

「うへぇ、『さま』なんていらないよ。隼斗でいいって」

「承知しました。ハヤト」

ロボットと話すのは不思議だったが、父よりは話しやすい気がした。

「うん。これからよろしくね、ハチ」

こうして隼斗とお手伝いロボット「ハチ」の生活が始まった。


「ただいまー」

「おかえりなさい、ハヤト」

いつも隼斗の声しか響《ひび》かない静かな廊下《ろうか》に、ハチの声が返ってくる。隼斗は慣れないその声に、くすぐったさを感じた。

ハチは隼斗の背丈《せたけ》に合わせて腰《こし》をかがめ、じっと観察するようにしてからこう言った。

「ハヤトのココロ。今日は『嬉《うれ》しい』ですね」

ロボットは人間の表情や心拍数《しんぱくすう》、声のトーンなどを読み取り、そこから喜怒哀楽《きどあいらく》を判定することができる。

「えっ、なんでわかったの？　そうなんだ。今日ね、音楽の時間に合唱の練習があったんだけど、先生やみんなから上手ってほめられたんだ！」

「ハヤト、大変よくできました」

「あのね、先生がね、頑張《がんば》って練習したのもすごいって……」

「よく頑張りましたね。ハヤト、素晴らしいです」

「う……、うん！」

隼斗は力強くうなずく。いつも学校での出来事を父にほとんど話すことがない隼斗は、話を聞いてくれる相手ができたことに、初めての嬉しさと安心感を覚えた。

隼斗はハチの用意してくれたおやつを食べると、いつものように父のラジカセのスイッチを押《お》した。古いラジオから流れてくるメロディ。友だちと遊ぶよりも、こうやって誰かの話す声や音楽を聴《き》くのが、隼斗のお気に入りの時間だった。

「ねぇ、ハチはどんな音楽が好きなの？」

「すみません。私にはわかりません」

「ロボットは音楽なんて聴かないもんなぁ……じゃあこれからは一緒《いっしょ》に聴こうよ。ほら、座って」

ハチが目をパチパチさせて、隼斗のとなりに座った。

ハチの瞳《ひとみ》は、深い海の底のような濃《こ》いブルーだ。最近話題の「お手伝いロボット」は、テレビや動画のＣＭ《シーエム》でよく見るけれど、どのロボットも黒い瞳《ひとみ》をしている。ときどき街で見かけるロボットもそうだ。だけどハチの瞳だけは、わずかに違《ちが》っていて「ハチの目はかっこいいな」と、隼斗は密《ひそ》かに思っていた。すごく近くで見ないとわからないし、きっと父も気づいていない。隼斗だけが知っている、ハチの特徴《とくちょう》なのだ。

ハチの瞳を見ながらそんなことを考えていたら、ラジオから隼斗のお気に入りの曲が流れてきた。

「あっ、ハチ！　この曲、僕の好きな曲なんだ！」

「ハヤトの好きな曲。一緒《いっしょ》に聴《き》きます」

ハチが黙《だま》って曲を聴いている。そんなハチを見ながら、好きな曲を一人で聴くのもいいけれど、誰かと一緒に聴くのも悪くないなと、隼斗は思った。

ある夜、隼斗が作り置きのごはんを食べていると、父が帰ってきた。

いつも残業で隼斗が寝《ね》たあとに帰ってくる父と、こんなふうに顔を合わせるのは久しぶりで、心が躍《おど》る。

「お父さん！　今日ね、体育で『逆上がり』をしたんだけど、うまくできなかったんだ。

どうやったらできるようになるかなぁ？」

「隼斗、逆上がりより勉強だぞ」

「でも僕、逆上がりができるようになりたい……」

「いいから勉強をもっと頑張《がんば》りなさい。いいね？」

父は鞄《かばん》を置くなりそう言うと、ネクタイを外しながら自室へ向かう。

——お父さんは僕の話を、ちっとも聞いてくれない……。

隼斗は、顔を合わせるたびに厳しいことしか言わない父のことを、日に日に苦手に思い始めていた。

ふとハチの姿を見ると、隼斗の目から、我慢《がまん》していた涙《なみだ》がぽろっと落ちる。ハチはその涙を、冷たい手でぎこちなく拭《ぬぐ》ってくれた。

「ハヤトのココロ。『悲しい』ですね」

目を赤くする隼斗を、ハチの深いブルーの瞳がじっと見つめている。

「ねぇ、ハチ。僕に逆上がりを教えてくれる？」

溢《あふ》れてくる涙を洋服の袖《そで》で拭いながら、隼斗は寂《さび》しさを隠《かく》すようにハチに聞いた。

「『逆上がり』ですね。承知しました。一緒に練習をしましょう」

それから晴れた日は公園で、逆上がりの練習をするようになった。ハチはわかりやすくコツを教えてくれ、あきらめそうになると励《はげ》ましてくれる。

そうやってハチと関わるうちに、隼斗は父や友だちとは違《ちが》う、今まで感じたことのない愛着をハチに持ち始めていた。


「あのね、ハチ」

公園で逆上がりの練習をした帰り道、隼斗は思い切って話してみた。

「僕ね、仲良くなりたい女の子がいるんだ」

この話は誰にもしたことがない。友だちにも、もちろん父にも。

「でもその子の前だとドキドキしちゃって、あんまり話せなくなっちゃうんだよね……」

「それは『恋』というものです」

ハチがブルーの瞳《ひとみ》で、隼斗を見ながら教えてくれる。

「恋？」

「ハヤトはその女の子が大好きなのですね」

そうはっきり言われると、かあっと顔が熱くなり、急に恥《は》ずかしさがこみ上げてくる。

「……ハチ、このこと、誰にも言わないでね！」

「言いません。私とハヤトの秘密です」

「僕とハチの秘密……」

「私はハヤトを応援《おうえん》します」

隼斗はなんだか嬉《うれ》しくなった。夕暮れの道を二人で歩きながら、ハチに応援してもらえたら、なんでもうまくいくような気がした。


「ハチ！　これあげる！」

ある日、学校から帰ってきた隼斗は、ハチに封筒《ふうとう》を差し出した。

「これはなんですか？」

「お手紙だよ。学校で書いてきたんだ！」

その日の国語は『手紙を書こう』という授業だった。みんなは「おじいちゃんやおばあちゃんに手紙を書きたい」と言っていたが、隼斗はハチに書くことにした。

「お返事書いてね」と言って渡《わた》すと、ハチが答えた。

「承知しました。返事を書きます」

翌日ハチは、タブレットに打ち込《こ》んだ難しい漢字だらけの文章を隼斗に見せてきた。

【拝啓《はいけい》、新緑の眩《まぶ》しい季節になって参りました】

「……なにこれ、難しくて読めないし、意味わかんないよ！」

「すみません。間違《まちが》っていますか？」

ハチから受け取ったタブレットを見ながら、隼斗はうなった。

「それに……なんか違《ちが》うんだよなぁ」

打ち込まれた文字たちは綺麗《きれい》に整いすぎていて、学習アプリの問題文みたいだ。

「そうか！　タブレットだからおかしいんだ」

ハッと気づいた隼斗は、持っていたレターセットをハチに見せた。

「紙に手で書くのが『手紙』のいいところなんだよ」

「『書く』のですか？」

「僕が文字の書き方、教えてあげる！」

隼斗は筆箱から鉛筆《えんぴつ》を取り出し、ハチの手に持たせ、自分も持ってみた。

そして文字を書いて見せると、ハチがそれを真似して書いた。しかも隼斗の文字とそっくりに。なんだかおかしくなって、隼斗は笑った。

「ハヤトのココロ。今『楽しい』ですね？」

「うん！　ハチと字の練習するの、すっごく楽しいよ！」


それからも根気よくハチに教えながら、隼斗は毎日手紙を書き続けた。近くにいるから話せばいいことでも、手紙にするとより伝わるような気がした。

ハチの返事も、だんだん手紙らしくなってきた。しかしロボットは人の気持ちを読み取れても、それがどんなものかを実際に感じることはできない。

【テストの点がわるくてお父さんにおこられちゃった。もっとべんきょうしなさいって言われたけど、ぼく、ちゃんと家でもべんきょうしてるのに】

【ハヤトはべんきょうしています】

【ハチはわかってくれるよね!?　お父さんはぼくのことなんか、ぜんぜんわかってくれないんだ。つぎのテストでぜったい100点とってやる！　ハチ、べんきょうおしえてよ】

【しょうちしました。べんきょうをおしえます】

【ハチ、ありがとう、大すきだよ！】

【こうえいです】

ハチはそう答えたけれど、それはあらかじめインプットされているからだ。『大好き』と言えば、『光栄です』『ありがとうございます』などと答えるように決まっている。

それでも隼斗は手紙の最後に必ず【大すきだよ】と書くようにした。ハチにとっては実感できない言葉かもしれないけれど、隼斗にとってはハチに一番伝えたい言葉だった。

同時に、いくら伝えても心を通じ合えないもどかしさを、隼斗は少しずつ感じていた。


ある日、ハチと公園で遊んでいると、数人のクラスメイトがやってきた。

「隼斗、ロボットなんかと遊んでる！　友だちいないのかー？」

みんなにからかわれて、隼斗は急に恥《は》ずかしくなった。

「こ、これは、ただの手伝いロボットだよ！　一緒《いっしょ》に遊んでたわけじゃない！」

ロボットは人間ではない。実際は一人でいるのと同じことだ。一人が好きな隼斗だったが、友だちがいなくて『ひとりぼっちで寂《さび》しいやつ』と思われるのは嫌《いや》だった。

「ロボットと遊んでなにが楽しいんだよ！　人間に言われた通りに動くだけじゃん」

隼斗は顔を真っ赤にすると、ハチを残して家に向かって走り出した。

——そうだ。たしかにハチは、人間に言われた通り動くだけだ。こっちが想《おも》いを伝えても、インプットされた返事が返ってくるだけ。

そう思うと隼斗は、ハチと一緒にいる自分を少し虚《むな》しく感じた。

それから少しずつ、隼斗はハチと距離《きょり》を置くようになった。学校から帰ってもハチとは遊ばず、無理やり外で友だちと遊ぶようにした。父のラジカセで音楽を聴《き》くことも、ハチとの手紙のやりとりも、だんだんしなくなっていった。

——ハチといられて楽しかったけど、ハチはしょせんロボットだ。心が通じ合わない、ただのロボットなんだ。

ハチとの手紙で薄々《うすうす》気づいていた寂しさを、隼斗は思い知らされた。ひとりぼっちと思われることよりも、その現実と向き合うのが怖《こわ》かった。そしてとうとう隼斗は父に言った。

「ハチはもういらない。お父さん、レンタル会社に、引き取りにきてもらって」

「どうしたんだ？　急に。ハチがいなくても宿題はちゃんとやるんだぞ」

「……わかってる」

勉強のことしか口にしない父にうんざりしながら、外へ出ていく隼斗の背中を、ハチが黙《だま》って見送っていた。

しばらくして、レンタル会社がロボットを回収に来た。電源が切られ、クローゼットにしまったままになっていたハチは、隼斗が遊びに行っている間に返却《へんきゃく》されてしまった。

ハチから大量にもらった手紙も、クローゼットの奥《おく》に押《お》し込《こ》まれ、父の古いラジカセと一緒《いっしょ》に忘れ去られていったのだ。

月日は流れ、隼斗は大学生になった。今は実家から離《はな》れた街で、アルバイトをしながら一人暮らしをしている。

【とにかく週末は家に帰ってこい。わかったな？】

メッセージアプリの文字を見てから、隼斗はスマホをポケットに突っ込んだ。

――どうせ父さんに話しても、わかってくれない。

街を歩きながら、ふうっと小さくため息をつく。

高校生までの隼斗は、特にやりたいことがあるわけではなかった。父に「とにかく大学へ行け」と言われ、地元に近い大学を選んだけれど、進学を機に一人暮らしを始めてから、ほとんど実家には帰っていなかった。

父からは「もっとしっかり将来のことを考えろ」と言われている。でも隼斗だって考えているつもりだ。

隼斗は、憧《あこが》れのミュージシャンのライブに行ったのをきっかけに、音楽の道に進みたいと思うようになっていた。今はギターを買うためにアルバイトをしてお金を貯《た》めている。いつかは自分もステージに立ちたいと、密《ひそ》かな夢も抱《いだ》いていた。

だけどそれを父に話したことはない。安定した企業に就職することを勧《すす》める父には、絶対反対されるとわかっているからだ。

街にはロボットと歩いている男の子がいた。家事手伝いロボットと、買い物に出かけた帰りなのだろう。レジ袋《ぶくろ》を一つずつ持って、仲よさそうに話しながら歩いている。

一家に一台と言ってもいいほど、ロボットが身近な存在となった今では、めずらしくもない光景だ。

——お手伝いロボットか……。

ハチのことは、今でも時々思い出す。いや、ずっと心の片隅《かたすみ》にハチの記憶《きおく》が残っている。

いつも話を聞いてくれたハチ。ハチは隼斗にとって、父とも友だちとも違《ちが》う、とても大事な存在だった。それなのに――。

「ハチ……」

一時の感情で手放してしまったことが、隼斗の心に長い間引っかかっていた。

――ハチは今頃《いまごろ》、どうしているのだろう。

隼斗は手をぎゅっと強く握《にぎ》りしめると、ロボットから目をそむけ、一人暮らしのアパートへ向かった。


週末の午後、久しぶりに実家に帰ると、ダイニングテーブルで腕《うで》組みしながら父が待っていた。

「ここに座りなさい」

父の低い声に、隼斗は重い気持ちで椅子《いす》に腰掛《こしか》ける。

「大学に入ってもう二年になるんだ。将来の目標は決まったのか？　どんな企業を目指すのか、ちゃんと考えているんだろうな？」

「……あぁ、うん」

気のない返事に、父はしびれを切らしたように続ける。

「隼斗は小さい時からそうだ。自分がどうしたいか、思ったこともなにも口にしない。隼斗がなにを考えているのかわからない。勉強はしてるのか？　学費だってタダじゃないんだ。父さんは隼斗を大学に通わせるために一生懸命《いっしょうけんめい》働いている。わかってるん……」

「わかってるって！」

隼斗は父の言葉を遮《さえぎ》ると、今まで心にため込《こ》んでいた思いを話し始めた。

「小さい頃から話したかったよ。だけど聞いてくれなかったのは父さんじゃないか！　仕事が忙《いそが》しいのはわかってる。でも顔を合わせるたびに口にするのは『勉強、勉強』って」

「それは隼斗の将来を思って言ってるんだ。隼斗が幸せになるためには、安定したところで働く必要がある……」

ドン！

隼斗はこぶしを握りしめてテーブルに叩《たた》きつけた。父は隼斗の初めての反抗《はんこう》的な態度に、驚《おどろ》いたように目を見開いた。

「僕のやりたいようにさせてくれよ！　安定したところで働かないと幸せになれないなんて、なんで決めつけるんだよ？　僕の気持ちにどうして耳を傾《かたむ》けてくれないんだよ……」

隼斗の目には涙《なみだ》が浮《う》かんでいた。父には見せたことのない涙。今まで我慢《がまん》していた思いが風船のように膨《ふく》らんで、ついにはじけ飛んだようだった。

隼斗は家を飛び出して、公園に来ていた。小学生の頃《ころ》、よく遊びにきた公園だ。一人でベンチに腰掛《こしか》けて、はあっと深いため息をつく。

あんなふうに父に感情をぶつけたのは、初めてだった。隼斗は赤くなった目をこすり、もう一度小さく深呼吸をする。

ふと、隼斗は視線を向けた。公園の滑《すべ》り台で、ロボットが子どもを遊ばせている。それを見て、またハチのことが脳裏《のうり》に浮《う》かんでくる。

隼斗の前を子どもが走っていく。あとを追いかけて、ロボットが近づいてきた。

「え……」

隼斗は立ち上がった。ロボットが目の前を横切る。その時気がついたのだ。

深い海の底のような、濃《こ》いブルーの瞳《ひとみ》。隼斗だけが知っていた、ハチの瞳の色。

「ハチ！」

思わず叫《さけ》んだ声に、ロボットは振《ふ》り向かない。当たり前だ。一旦《いったん》レンタル会社に返却《へんきゃく》したロボットは、個人情報の問題から記憶《きおく》がリセットされることになっている。

きっともう、隼斗のことはおぼえていないし、今はあの子どもの家族になったのだろう。

小さい頃は、自分だけのロボットだと思っていたのに、そうではなかったのだ。

でもあのロボットは絶対にハチだ。返却されたロボットはリニューアルを繰り返し、見た目が変わってしまうけれど、あの瞳の色だけは変わっていなかった。


しばらくしても、ロボットの姿が目に焼き付いて離《はな》れず、隼斗は気づくと実家の自分の部屋に戻《もど》っていた。

「ハチにまた会えるなんて……」

隼斗は自分の部屋のクローゼットを開けた。奥《おく》のほうには古いラジカセ。久しぶりにスイッチを入れたが、もう音は鳴らない。でも今にも音楽が流れてきそうで、ハチと一緒にラジオから流れる音楽を聴《き》いた日々が胸によみがえってくる。

ふとクローゼットのさらに奥に目をやると、見おぼえのない箱があった。そっと開けてみたら、そこにはハチとやりとりした手紙の束が収められていた。手紙を見つけた父が残しておいたのかもしれない。そう思うと少し胸が痛くなった。

手紙にまぎれて、一枚のカードが入っていた。『僧侶《そうりょ》』の絵が描《か》かれた、なにかのゲームに使うようなカードだ。小さい頃《ころ》、親戚《しんせき》のお兄さんに「お守りだよ」と渡《わた》されたんだっけ。描《えが》かれた僧侶《そうりょ》の穏《おだ》やかな笑顔が、なぜかハチの顔と重なった。

いつだって一緒《いっしょ》で大好きだったハチ。それなのに、あの時どうして「もういらない」なんて言ってしまったのだろう。

冷たい手でぎこちなく涙《なみだ》を拭《ぬぐ》ってくれた、ハチの感触《かんしょく》を思い出す。

隼斗はハチに伝えたいと思った。ずっとずっと後悔《こうかい》していたことを。謝《あやま》りたいと思っていたことを。どうにかして、伝えたいと思った。

たとえ相手がロボットで、心が通じ合うことなどなかったとしても。

机の引き出しを開け、昔使っていた封筒《ふうとう》と便箋《びんせん》を取り出した。ハチに手紙を書く時に、いつも使っていたものだ。椅子《いす》に座ってペンを手に取り、今の自分の気持ちを文字にする。

【ハチ、僕はハヤトです。僕のことをおぼえていますか？　おぼえてないよね？】

小さい頃の思い出や、好きだった遊び、おいしかったおやつ、ハチにしてもらって嬉《うれ》しかったこと……次々と懐《なつ》かしい思い出がよみがえってくる。

【ハチと過ごした日々は、僕の一生の思い出です。ありがとう。それなのにあの時「いらない」なんて言ってしまって、本当にごめんなさい】

隼斗はハチへの想《おも》いを、素直に手紙にしたためた。

【ハチは僕の大事な家族でした】

そして迷ったあげく、最後の一行を付け足した。

【ハチ、大好きだよ】

反応がなくたっていい。心が通わなくてもいい。ハチに手紙を渡《わた》せるだけでいい。

また会えるかどうかの保証もないのに、書いた手紙を半分に折って封筒に入れる。

『ごめんなさい』と『ありがとう』。

その想いがハチに伝わりますように、と願いながら。


翌日、隼斗は手紙を持って昨日の公園に行ってみたが、ハチは来ていなかった。今日の夜はバイトがあるから、アパートに帰らなければならない。公園のベンチに座り、時間を気にしながらぎりぎりまで待つ。しかしハチは現れない。日が暮れてきて、もう帰らなくてはと立ち上がった時、昨日の子どもとハチが通りかかった。

隼斗はごくんと唾《つば》を飲み込《こ》むと、思い切って足を踏《ふ》み出す。

「ハチ！」

大きな声で呼びかけてみる。だけどハチは振《ふ》り向かない。

――やっぱり、リセットされているのか……。

隼斗はハチの前に回り込《こ》み、ブルーの瞳《ひとみ》を見つめた。

すると一瞬《いっしゅん》、ハチと目が合った気がした。隼斗の胸に、愛《いと》おしさがこみ上げてくる。

「ハチ！　これを読んで！」

手紙を差し出したが、ハチはなにも言わない。そばで子どもが不思議そうにこちらを見ている。その視線に後ろめたさを感じ、隼斗は急いでハチに手紙を持たせた。

「これを読んで！　僕の気持ちが書いてあるんだ！」

そしてその場から、逃げるように立ち去った。


あれから一週間、アパートの部屋で、ぼんやりスマホをいじりながら、隼斗はハチのことを考えていた。

ハチはあの手紙を読んでくれただろうか。この気持ちは伝わっただろうか。

いや、たぶん無理だ。ロボットの記憶《きおく》はリセットされているのだから。

あんな手紙を書いたって、結局は自己満足だったのかもしれない。それでもハチが、どこかで元気でいてくれたら……それだけでいい。

そんなことを思いながら、何気なくネットのニュースを見ていると、ある記事が目に留まりハッと息をのんだ。

【株式会社《かぶしきがいしゃ》ブルーム・テクノロジーズ　お手伝いロボット　自主回収のお知らせ】

不穏《ふおん》な記事のタイトルに目を奪《うば》われ、おそるおそる開いてみる。それはロボットに重大な不具合が見つかったため、回収して廃棄《はいき》処分するという案内だった。

【次の型番の商品をお使いのお客様は、至急ご連絡《れんらく》願います。】

そのあとにずらっと並んだ番号に、見おぼえのあるナンバーがあった。

【回収対象商品型番　101X0000008】

ハチのシリアルナンバーだ。

――嘘《うそ》だろ……ハチが廃棄処分されるなんて……。

『おかえりなさい、ハヤト』

ハチの言葉を思い出し、胸が痛くなる。

「ハチ……」

隼斗の目から、涙《なみだ》がこぼれた。だけどそれを拭《ぬぐ》ってくれるハチには、もう会えないのだ。

それからというもの、隼斗は大学でもアパートでも、ぼうっと一日を過ごしていた。考えるのは、ハチのことばかりだ。

いてもたってもいられなくなって、もう一度あの公園に行ってみた。しかし子どもたちが遊んでいるだけで、ロボットの姿はない。

あのお知らせはなにかの間違《まちが》いで、ハチが回収対象商品でなければいいのに。そんなことを考えて、ロボットの製造会社に確認してみたけれど、ハチは間違いなく対象商品だと言われてしまった。

こんなにハチのことを思っても、ハチは隼斗のことをおぼえていない。昔の記憶《きおく》をなくしたまま、きっと廃棄《はいき》処分されてしまったのだろう。

その時スマホに通知が届いた。父からのようだ。

あの衝突《しょうとつ》以来、父とは口をきいていない。あんなに感情的になったのは初めてだったし、話ができる状態ではなかった。しかし冷静になった今、謝《あやま》ろうと思いアプリを開くと、そのメッセージは意外なものだった。実家にレンタル会社の人が訪ねてきたのだという。

【これに、心当たりはあるか？】

メッセージと一緒《いっしょ》に送られて来た画像には、下手くそな文字で『ハヤトへ』と書いてある封筒《ふうとう》が写っている。

「これは……ハチの字……」

ハチに文字を教えたあの頃《ころ》の、自分の字がそこにはあった。

【今から帰る。それと……こないだはごめんなさい】

父にメッセージを送り、スマホを閉じる。駆《か》け出した隼斗ははやる気持ちを抑《おさ》えて、電車に飛び乗った。

急いで実家に帰った隼斗は、父から手紙を受け取り、自分の部屋に入った。

【ハヤトへ】

指先でそっとその文字をなぞってから、覚悟《かくご》を決めて手紙を開いた。

隼斗はじっと、あの頃の自分の文字を目で追う。今見ると、とっても下手くそだ。でも文字を読んでいると、ハチと過ごしていた頃の自分と向き合っているようにも思えた。

そして隼斗は確信したのだ。これは間違いなく、ハチから隼斗への返事なのだと。

【ハヤト、公園でわたしに手紙をくれてありがとうございます】

便箋《びんせん》を持つ手が、かすかに震《ふる》える。

【記おくはリセットされたはずなのに、ハヤトのことだけは、おぼえていました。そしてあの公園でハヤトに会い、もらった手紙を読んで、はっきりと思い出しました。毎日ハヤトとあそんで、楽しかったことを】

「楽しかった……」

ハチの下手くそな文字が、じんわりと涙《なみだ》でぼやけていく。

【せいちょうしたハヤトに会えて、わたしはうれしいです。二人でさか上がりをれんしゅうした時のように、これからもずっと、わたしはハヤトのことをおうえんしています】

「ハチ……」

ぽろっと涙が落ち、ハチの書いた文字がにじんだ。

【ハヤト、わたしをハヤトのかぞくにしてくれて、ありがとう。ハヤトのことは、ずっとわすれません】

「ありがとうは……こっちのセリフだよ」

洟《はな》をすすり、ぐいっと涙を拭《ぬぐ》う。ハチの手ではなく、自分の手で──。

ぱらりと便箋《びんせん》をめくると、もう一枚に最後の一行が書いてあった。

【はなればなれになっても、わたしはハヤトのことが大すきです】

「大好き……」

そこに書いてあったのは、ハチが今まで書いたことも口にしたこともなかった、初めて書かれたハチ自身の想《おも》いだった。隼斗はハチの、海の底のように綺《き》麗《れい》だった瞳《ひとみ》を思い出す。それからもう一度涙を拭い、かすれた声でつぶやいた。

「僕も大好きだよ……ハチ」

自分の想いを伝えることの大切さ、それが伝わった喜びで隼斗の胸はいっぱいになった。

ハチからの手紙を丁寧《ていねい》に封筒《ふうとう》にしまい、部屋を出る。

ハチと関わったことで、隼斗はたくさんの気持ちを知った。嬉《うれ》しい気持ち、楽しい気持ち、悔《くや》しい気持ち、悲しい気持ち……そしてなにより、こうやって言葉で気持ちを伝え合うことの大切さをハチが教えてくれたのだ。

ハチに自分の気持ちを伝えたように、父にもしっかり伝えよう。逃げずに乗り越えて、大人にならなければいけない。ハチはきっと、応援《おうえん》してくれる。

「父さん、改めて話したいことがあるんだ」

隼斗は大人への一歩を、今、踏《ふ》み出した。

土曜日の夕方、隼斗は駅前の広場でギターケースを開いた。コツコツとバイト代を貯《た》めて買った、憧《あこが》れのギターだ。

ハチの手紙を読んだあの日、隼斗は初めて、父に自分の夢を話した。

『やれるだけやってみたいんだ。僕、頑張《がんば》るから！』

隼斗の真剣《しんけん》な言葉を、父も真剣に聞いてくれた。そして最後にこう言って、背中を押《お》してくれたのだ。

『お前がそこまで本気で考えているなら、やれるところまでやってみなさい』

なにを言っても、どうせわかってくれないだろうと思っていた父。だけどそれは隼斗が、自分の意思を伝えようとしなかったからだ。父とちゃんと話せた今ならば、息子の幸せを願っているからこそ厳しいことを言っていたのだとわかる。

隼斗がギターを抱《かか》える。駅前を歩く人々は、こちらを振《ふ》り向きもせず通り過ぎる。

それでも隼斗は弾《ひ》き始める。

いつかハチと二人で聴《き》いた、父のラジカセから流れていた、隼斗の一番好きな曲を。

5

5

WIZARD

WIZARD

# {STORY.05} 魔術師

STORY. 05
The Café on a Starry Night

# 星降る夜の珈琲《コーヒー》店

紺野美悠《こんのみゆ》は、この公園が気に入っている。

滑《すべ》り台やジャングルジムなどはなく、二人掛《が》けのベンチが二つと小さな砂場、パンダの姿をしたゆらゆら揺《ゆ》れる遊具が、ぽつんと一つあるだけの公園。

キャッチボールが軽くできるくらいの広さはあって、端《はし》には大きな桜の木がある。

春には牡丹桜《ぼたんざくら》が咲《さ》き、秋は赤く染まった葉がきれいだ。だけど遊具が少ないせいか、いつも人はほとんどいなくて、まるでこの公園だけが別世界にあるようだった。

美悠は、放課後によくこの公園に立ち寄る。

学校へは毎日バスに乗って三十分ほど。歩くとかなり遠い。家の最寄りのバス停からすぐのこの公園は、帰り道のひと休みにはちょうどいい。家に帰るとすぐに勉強が待っているから、束《つか》の間の休息だ。

公園では、ベンチに座って花や葉を眺《なが》めたり、時にはパンダの遊具でゆらゆら揺れてみたりする。友だちとのおしゃべりや、得意なカラオケでストレス発散するのも好きだけど、美悠にとって一人だけのこの時間は特別だった。悩《なや》み事で頭がいっぱいの時も、この公園のベンチに座ると不思議と心が落ち着いた。

そんな美悠には好きな人がいる。

——今朝も彼、素敵だったなぁ……。

通学のバスで見かけるようになったその人は、他校の生徒で、美悠の学校に近い停留所の三つ前から乗ってくる。着ている制服から美悠と同じ高校生だとわかるが、学年も名前も知らないし、もちろん話したこともない。

お年寄りが乗ってくると、彼は真っ先に席を譲《ゆず》る。声をかける時の笑顔が優しくて、二つ分の停留所を過ぎるほんの少しの時間なのに、気がつくと彼の姿を目で追うようになっていた。

日が落ちるのが早くなってきたある日の放課後、いつものように美悠は公園に寄り道した。今日も家に帰ったら、宿題と明日の予習をしなくては。美悠の通う学校は進学校のため、クラスメイトもみんな勉強を頑張《がんば》っている。

――私も頑張《がんば》らなくちゃ。

でもその前に、少しここで休憩《きゅうけい》だ。

今日も公園で遊んでいる人は誰もいない。地面に落ちた枯《か》れ葉《は》が風に吹《ふ》かれ、カサカサと音を立てる。冷たくなった手にはぁっと息を吐《は》きかけながら、美悠はベンチに腰掛《こしか》けた。

その時、ふと気がついた。公園の前に、一台のキッチンカーが停《と》まっている。移動式のカフェのようだ。

――こんなところにカフェ？

美悠は少し怪訝《けげん》に思った。

小さい頃《ころ》からなじみのあるこの公園で、キッチンカーなんて見たことがなかったのだ。

いつものベンチに座りながら眺《なが》めていると、店主が黒板でできている看板を立てて準備を始めた。黒板には店の名前とメニューが一つだけ。

『星降《ほしふ》る夜《よる》の珈琲店《コーヒーてん》　星降るコーヒー　２００円』

――メニュー、それだけなんだ。

なんだか変わった移動式カフェだ。店主は老舗《しにせ》の喫茶《きっさ》店にでもいるような雰囲気《ふんいき》で、ぴしっとアイロンがかかった真っ白いシャツを着て、黒いエプロンをしている。

美悠は気になって、ベンチから立ち上がった。おそるおそる近づいてみると、店主は低い声でこう言った。

「星降るコーヒー、いかがですか？」

声をかけられ、美悠は焦《あせ》った。

「え、あ、いや……やっぱりいいです」

興味《きょうみ》はあるけどなんだか怪《あや》しいし、毒でも盛られたらたまったもんじゃない。

「毒は入っていませんよ。初めてのお客様には無料で」

心を見透《みす》かされたような店主の言葉に美悠はたじろぎ、しばらく迷った末に「……では、一つください」と頼《たの》んでみることにした。

「はい。かしこまりました」

丁寧《ていねい》にお辞儀《じぎ》をした店主が、キッチンカーの中で手際《てぎわ》よく準備を始めた。

挽《ひ》きたてのコーヒーの粉をドリッパーに入れ、ポットでお湯を注ぐ。待っている美悠のところにも、ふわりとコーヒーの香りが漂《ただよ》ってくる。

サーバーに落ちたコーヒーを紙製のカップに注ぐと、店主はペンで何かを書いてから美悠に差し出した。

「お待たせいたしました」

手を伸《の》ばし、ちょっと緊張《きんちょう》しながらコーヒーを受け取った。カップには【明日はいい日】と書いてある。

——なんだろう、これ。

不思議に思いながらもお礼を言い、美悠はベンチに戻《もど》ってそのコーヒーを一口飲んだ。

——美味《おい》しい。毒も入ってないみたい。

まろやかな味が舌の上に広がり、お腹《なか》の中があったまっていく。コーヒーの味などよくわからない美悠だったが、このカフェのコーヒーはちょっと特別な味がした。


翌朝のバスは、いつもより混んでいた。美悠は後ろのほうの席に座っていたが、あとから乗ってきた人たちが押《お》し合いながら奥《おく》に詰《つ》めてくる。

その中に、美悠が気になっているあの人もいた。

「あっ、すみません……」

乗客にぶつかってしまい謝《あやま》った彼が、美悠のすぐそばに立った。

——うわ、近い。

いつもはもっと、遠くから見ているだけなのに。今日は彼の表情までよく見える。恥《は》ずかしくなって、開いていた単語帳で顔を隠してしまった。その時、昨日のコーヒーのカップを思い出した。

【明日はいい日】

——あっ、もしかして、あれは予言だったのかも？

単語帳をずらして、立っている彼をそっと見る。背が高くて、背筋がピンッと伸びている彼も、参考書のようなものを読んでいた。

——彼も勉強、頑張《がんば》ってるんだな。

自分と同じだと思ったら、なんだかちょっと嬉《うれ》しくなった。

——あぁ、やっぱり、今日はいい日だ！

誰にも気づかれないように、美悠はくすっと笑った。

その日の放課後も、美悠はバスを降りると公園に向かった。すると今日も、あのキッチンカーが停《と》まっている。黒板に書いてあるのは、店名とたった一つだけのメニュー。

「星降るコーヒー、いかがですか？」

近くに寄ってみると、昨日と同じように店主が美悠にそう言った。

「一つください」

「かしこまりました」

店主がコーヒーを淹《い》れてくれる。美悠はそれを見ながら迷っていた。

――昨日カップに書いてあったように、今日はいい日だったって、報告したほうがいいのかな？　でも詳《くわ》しく聞かれたら、恥《は》ずかしいし。

そんなことを考えていると、コーヒーのいい香りとともに紙のカップが差し出された。

「お待たせいたしました」

カップには今日も文字が書いてある。

【ホットコーヒー飲んでホッとしよう】

――何これ？

ちらっと店主を見ると、素知らぬ顔でポットを片づけている。

――ギャグのつもりなのかな？　ちょっと寒いんだけど。

美悠はマフラーを首に巻き直し、ベンチに座ってコーヒーを飲む。

店主のギャグは寒かったけど、コーヒーはあたたかくて、とても美味《おい》しかった。

翌日も美悠はキッチンカーでコーヒーを頼《たの》んだ。

今日のメッセージは【一番の友だちは君の心】。

――なんか、格言っぽいの来た！

ふふっと笑って、美悠は両手でカップを包んだ。そして店主にぺこっと頭を下げて、ベンチに座る。

白い湯気の立つコーヒーを、ふうっと息で冷ましてから一口飲む。体中がほかほかしてきて、心が落ち着く。

――そういえば、ここでこうやってる時が、一番自分の心と向き合える時間かも。

学校では友だちと話したり、授業を受けたり、やることがぎっしり詰《つ》まっている。家に帰っても明日の予習や、テスト勉強をしなくてはいけないし、両親と少し話したら、もう寝《ね》る時間だ。自分自身のことをゆっくり考えられるのは、この時間だけかもしれない。

――一番の友だちは君の心、かぁ。

一番の友だちである自分の心とは、仲よくしなくちゃな、なんて美悠は思った。

それから毎日、美悠はキッチンカーでコーヒーを頼《たの》んだ。店主は必ず、カップに何か文字を書く。美味《おい》しいコーヒーも楽しみだったが、いつの間にかカップに書かれるメッセージも楽しみになっていた。

メッセージはちょっと真面目だったり、かと思えば、くすっと笑えたり。予言みたいな言葉の時もあるし、心に響《ひび》く言葉の時もある。

美悠は店主からコーヒーを受け取る瞬間《しゅんかん》が、一番わくわくした。

「なんで『星降るコーヒー』なんですか？」

キッチンカーでコーヒーを買うのに慣れてきたある日、美悠が尋《たず》ねてみると、店主はこう答えた。

「みなさんはたいていコーヒーを、目を覚ます時に飲みますよね。私は夜に飲める美味しいコーヒーを作りたかったんです。夜空を見上げながらゆっくり飲むコーヒー」

そう言って、焙煎《ばいせん》されたコーヒー豆を愛《いと》おしそうに眺《なが》める。

「それに、夜空とコーヒーは、よく似てる」

「確かに、そう言われると……」

美悠は両手をあたためるように持った、コーヒーの表面を見下ろす。そこには公園の街灯の灯《あか》りが丸く映っている。

「すてき……」

それはまるで夜空に光る、明るい月のように見えた。

朝のバスの中では、美悠はやっぱり、気になる彼を遠くから見つめるだけ。

──部活はやっているのかな？　姿勢がいいから、弓道部とか似合いそう。

──でも参考書に付箋《ふせん》がたくさんついているし、もしかして年上の受験生なのかも。

──朝は一人でいるけど、学校ではたくさんの友だちに話しかけられるんだろうな。

──好きな子とか……彼女とかは……いるのかな？

彼を見ていると、いろんな想像が湧《わ》き上がってくる。

信号でバスが止まった瞬間《しゅんかん》、立っている彼の視線がこっちに向いた気がした。

美悠は慌《あわ》てて、目線をそらす。

──危ない、危ない。じろじろ見てたら、変な子だと思われちゃう。

バスがゆっくりと動き始める。次は美悠の降りる停留所だ。

――もっとバスに乗っていたいのにな。

停留所に着いて、美悠は立ち上がる。他の客と一緒《いっしょ》に降り口に向かう時、立っている彼の後ろを通る。この瞬間《しゅんかん》は、いつもすごくドキドキする。

美悠が降りると、バスがまた走り出した。去っていくバスを見送りながら、ぼんやりと考える。

――あの人とお話ししてみたいな……でも絶対無理だろうな。

彼にとって美悠は、単に大勢いる乗客の中の一人にすぎないのだから。

やがて美悠は、美味《おい》しいコーヒーと不思議な雰囲気《ふんいき》を持つ店主に、少しずつ心を開くようになっていた。

ひんやりと冷えたある日の夕方、美悠は思い切って、好きな人がいることを店主に打ち明けてみた。

「想《おも》いを、文字にして書くといいですよ」

店主の言葉に、美悠は首を横に振《ふ》る。

「書いたって渡《わた》せないです。話したこともないし、名前すら知らないのに」

「渡せなくてもいいんです。書くことが大事なんです」

店主はコーヒーをゆっくりとカップに注ぎながら、ひとりごとのように言う。

「言葉には心が宿ります」

そしていつものように、カップにメッセージを書く。

「星降る夜に手紙を持ってきてください。きっと魔法《まほう》がかかります」

「魔法……？」

いつものカップと一緒に、今日はカードのようなものを渡された。美悠は首を傾《かし》げる。

「魔術師《まじゅつし》」の文字と数字の「5」が書いてあるそのカードには、ひげを生やしたおじいさんがレトロなタッチで描《えが》かれていた。そしてカップには【星に願いを】という文字。

「何かのおまじない……ですか？」

美悠が聞いても、店主は静かに微笑《ほほえ》むだけだった。

――おまじないなんて、効くのかな？

半信半疑で帰路についた美悠だったが、『言葉には心が宿ります』と言った店主の言葉が気になっていた。

――手紙かぁ……。

そういえば「手紙」なんて、もう何年も書いていない。友だちとのやりとりは、スマホのメッセージでできるし、文字を書くのは勉強する時くらいだ。

美悠はバスで見かける彼を思い浮《う》かべる。

背筋を伸《の》ばして立っている姿。参考書を読んでいる真剣《しんけん》な視線。おばあさんに話しかける時の優しい表情――想像するだけで胸がきゅんっとしてしまう。

美悠は机の引き出しの奥《おく》に眠《ねむ》っていた、レターセットを取り出した。確か中学生の頃《ころ》、友だちと手紙交換《こうかん》した時のものだ。美悠はペンを持つと、便箋《びんせん》にゆっくりと文字を書く。

ずっと彼を見ていたこと。素敵だなって思っていたこと。会えるだけで嬉《うれ》しかったこと。

でもできれば、お話ししたいなと思っていたこと。

彼への想《おも》いを一文字ずつ丁寧《ていねい》に書く。そして悩《なや》んで悩んで悩みぬいたあと、最後に一番丁寧な文字でこう書いた。

【あなたのことが好きです】

――キャー！　これって告白だよぉ！

読み返したらものすごく恥《は》ずかしくなって、美悠は書いた手紙を、机の引き出しの奥に押《お》し込《こ》んだ。


しかしそれからテスト勉強で忙《いそが》しくなり、しばらく公園には行けなかった。

あの夜、勢いで手紙を書いたことも忘れてしまっていたほどだ。

バスの彼にも会えなかった。友だちとテスト勉強をするため、早めに登校することになったからだ。

彼のいない早朝のバスに揺《ゆ》られながら、なんだか寂《さび》しい気持ちになる。

——早くテストが終わればいいのになぁ。

美悠は単語帳を見下ろして、深くため息をついた。


やっとテスト期間が終わった朝、テレビをつけると『数年ぶり、今夜ふたご座流星群』とニュースが流れていた。

美悠が住む町でも、数年ぶりに星がよく見える気象条件なのだそうだ。

「そういえば……」

美悠は自分の部屋へ戻《もど》り、机の引き出しの中にしまっていた手紙を取り出す。思い出したのは店主の言葉。

『星降る夜に手紙を持ってきてください。きっと魔法《まほう》がかかります』

――星降る夜って……まさか今日のこと?

考えてから、首を横に振《ふ》る。

「いやいや、魔法なんてかかるわけない……」

手紙をもう一度しまおうとして、ふと手を止めた。手紙と一緒に引き出しにしまってお
いた『魔術師』のカードがのぞいている。

そういえばコーヒーのカップに書いてあった文字が、本当になったこともあったっけ。

偶然《ぐうぜん》だろうとは思うけど。

「おまじないかぁ……」

美悠は手紙を手に持ったまま、カードの入った引き出しをそっと閉める。

そして何もないとは思いつつ、ちょっとした興味《きょうみ》も手伝って、手紙を鞄《かばん》にしまい込《こ》んだ。

いつもと同じ時間のバスに乗ると、美悠の降りる三つ前の停留所から、いつもどおり彼
が乗ってきた。

――久しぶりに会えた。

彼は足が不自由そうなおばあさんが席に座るのを、さりげなく手助けしてあげている。

美悠はそんな姿を、後ろの席からただ見つめているだけ。

バスがゆっくりと走り出す。彼は参考書を取り出し、立ったまま読み始める。

いつもと変わらない朝の光景。いや、変わるわけがないのだ。彼は美悠のことなど、知らないのだから。

――手紙なんか、渡《わた》せるわけない。

鞄の中の手紙を思い出し、美悠はふるふると首を振った。


その日の放課後は図書室で調べものをしていて、普段より帰りが遅《おそ》くなってしまった。

あたりはすっかり暗くなり、街灯が灯《とも》り始めている。

バスから降りた美悠は、白い息を吐《は》きながら、久しぶりに公園に立ち寄ってみた。しかしキッチンカーは来ていない。

――なんだ。まだ来てないんだ。

ベンチに腰掛《こしか》ける。久しぶりの誰もいない公園は、いつもより広く感じる。公園で一人で過ごす時間は大好きだったはずなのに、なぜか少しだけ寂《さび》しさを覚えた。

——コーヒー、飲みたいな。

いつの間にかここで、あの店主に淹《い》れてもらったコーヒーを飲むのが、美悠にとって当たり前になっていたのだ。

マフラーを巻き直し、冷たくなった手に、はぁっと息をかける。ひんやりとした風が吹《ふ》き、背中がぶるっと震《ふる》えた。あたたかいコーヒーがすごく恋しい。

静かに顔を上げる。暗くなった空には、いくつもの星が瞬《またた》いている。

ふと、鞄《かばん》に入れたままの手紙が頭に浮《う》かび、取り出してみた。

——こんなの持ち歩いて……バカみたいだな、私。

もう帰ろう、と思った時、誰かが近づく気配がした。

——やっと珈琲屋《コーヒー》さんが来た！

嬉《うれ》しくなって視線を向けると、そこに見えたのは店主ではなく——なんと美悠が想《おも》いを寄せている、あの彼の姿だった。

「えっ」

声を上げたのは美悠だけではなかった。彼も同じように驚《おどろ》いた顔をして、口を開けている。美悠は慌《あわ》てて、手紙を鞄の外ポケットに押し込んだ。

――どうして？　なんで彼がここにいるの？

彼は美悠の近くで立ち止まったまま、黙《だま》っている。

心臓がドキドキして、彼の顔を見るのが恥《は》ずかしくて、美悠は視線を上にそむけた。

「あっ……」

その時だ。二人の沈黙《ちんもく》を破るように、空に大きな弧《こ》を描《えが》いて一筋の流れ星が尾《お》を引いた。

「流れ星！」

二人がまた、ほぼ同時に声を上げる。見ると彼も、視線を空に向けていた。

その目線を追いかけていくと、再び星が流れるのが見えた。美悠は思わず立ち上がる。

「あっ、あっちにも」

真っ暗な空に流れる星たち。もう寒さも恥ずかしさも忘れてしまい、美悠も彼も、夢中で流れ星を探していた。

「……すごいね」

「……きれい、ですね」

ひと気のない公園で流星群を見上げながら、二人はぽつりぽつりと話し出す。

「この公園には……よく来るの？」

彼の言葉に美悠は答える。

「は、はい。学校が終わったあと、ほとんど毎日」

「えっ、俺もだよ。ちょっと学校からは遠いけど、この近くの塾《じゅく》に通っているから、塾が終わったあとここに寄り道してるんだ」

「えっ、そうだったんですか？」

意外すぎる共通点に、美悠は驚《おどろ》いた。確かに美悠の家の近くには、この地域でも有名な進学塾があるけれど。彼の塾が終わるのは遅《おそ》い時間だそうで、日が暮れてしばらくまでしかいない美悠とは、会ったことがなかったのだ。

「俺、川口蓮《かわぐちれん》っていうんだ。高三」

「私は紺野美悠。高二です」

——やっぱり年上だったんだ。

蓮と名乗った彼は、学校名も教えてくれた。部活が強い、隣町《となりまち》の高校に通っているそうだ。バレーボールをやっていたけど、今は引退して、受験勉強に励《はげ》んでいるらしい。

「紺野さんは、部活はやってないの？」

「やってないです。うちの学校、勉強が厳しくて」

「そうなんだ。頑張《がんば》ってるんだね」

優しく言われて、頬《ほお》がかぁっと熱くなってしまう。

「か、川口さんこそ……受験勉強、大変ですね」

「うん。今日は久しぶりに塾が休みで。流星群のニュースを見て、早めに来てみたんだ」

美悠はドキドキしながら、蓮の声を聞いた。ずっと話してみたいと思っていた人が目の前にいて、こんなふうに自分のことを話してくれるなんて、夢みたいだった。

冷たい風が吹《ふ》き、美悠は体を震《ふる》わせた。あったかいコーヒーが飲みたいなぁと思った瞬間、不思議なことが起きた。鞄《かばん》の外ポケットから、手紙が風に乗って舞い上がったのだ。

「えっ、ええっ、なんで？」

慌《あわ》てる美悠のそばで、蓮が少し背伸《せの》びしてキャッチする。

「……手紙？」

「違《ちが》っ……いやっ、それは……！」

偶然《ぐうぜん》手にした手紙をじっと見つめている蓮を見て、伸ばしかけた手を引っ込《こ》める。だめだ。もう緊張《きんちょう》して言い訳の言葉すら出てこない。美悠は消え入りそうな声でつぶやいた。

「……川口さんに……です……」

――言ってしまった。

「え？」

手紙を持っている蓮が、驚《おどろ》いた表情をしている。

「あ、いや、好きな人がいるって言ったら……マスターに手紙を書けって言われて……」

――わ、あの珈琲《コーヒー》屋さんのことなんて知らないだろうに、何を言ってるんだ、私！

冷静に考え始めた時には、もう遅《おそ》かった。昨日まで名前も知らなかったのに、しかもいきなり告白するなんて、普段の自分にはとても想像できない行動だ。

――もう引き下がれないよぉ！

ぎゅっと目をつぶり、美悠は店主の書いた文字を思い浮《う》かべる。

【星に願いを】

――お星さま！　どうか引かれませんように！

強く願った美悠の耳に、蓮の声が聞こえた。

「実は、俺も……」

おそるおそる目を開けた美悠の前で、蓮がポケットから手紙を出す。

「マスターに言われて……好きな子に、手紙を書いたんだ」

――え？　彼もマスターに？

美悠は驚いて言葉を失う。

蓮が自分の手紙を差し出して見せると、美悠はぎこちない手つきでそれを受け取った。

――しかも今……「好きな子」って言った？

頬《ほお》がかぁっと熱くなる。ほのかな街灯の灯《あか》りの下、目の前の蓮も真っ赤な顔をしているのがわかる。

短い沈黙《ちんもく》の後、二人で顔を見合わせた。途端《とたん》に緊張《きんちょう》がほぐれて、どちらからともなく、くすくすと笑い出した。


二人で手紙を交換《こうかん》しあったあと、並んでベンチに座った。いつもは一人で座るベンチに、好きな人と二人で座っているなんて、ものすごく不思議な気分だった。

手紙はお互《たが》い、家に帰って読むことにした。目の前で読まれたら、恥《は》ずかしくて耐《た》えられない。

「『星降る夜の珈琲店』なのに、今日は来ないのかなぁ……」

蓮がぽつりとつぶやいた。

そういえばいつもならとっくに来ているはずのキッチンカーが、まだ来ていない。

――もしかしてマスターは、私たちに話す時間をくれたのかも？

ふとそう思った時、静かなエンジンの音が近づいてきた。

キッチンカーがやってきたのだ。

「星降るコーヒー、いかがですか」

店主の穏《おだ》やかな声を聞き、二人はキッチンカーに駆《か》け寄った。

「星降るコーヒーを……二つください！」

美悠が言うと、店主はいつものように「かしこまりました」と答えた。

やがてキッチンカーの中から、コーヒーのいい香りが漂《ただよ》ってくる。

「お待たせいたしました」

そう言って手渡《てわた》された、二つのカップのメッセージは【恋する気持ちは美しい】だった。

美悠と蓮は、思わず顔を見合わせて頬《ほお》を赤らめる。

真っ白いシャツと黒いエプロンの店主が、コーヒーを手にキッチンカーから出てきた。

なんとなく三人並んで、星降る空を見上げながら、あたたかいコーヒーを飲む。

美悠はいつも彼を見ているだけだった毎日のバスや、ずっと一人だった公園を思い出す。

――一人も好きだったけど、三人はもっと好きかも。

昨日までは想像できなかったこの光景に、思わず笑《え》みがこぼれる。

「なんだか本当に魔法《まほう》がかかったみたい」

両手でコーヒーのカップを包みながら、美悠は空に向かってつぶやいた。

ゆらゆら揺《ゆ》れるコーヒーのような夜空に、輝《かがや》く星がすぅっと流れ、また消えていった。

◇　◇　◇

日の暮れかけた公園で、美悠はベンチに座っていた。冷たい風が吹《ふ》き、マフラーを鼻の上まで押《お》し上げる。やがて停留所のほうから、こちらに駆け寄ってくる人影《ひとかげ》が見えた。

「美悠ちゃん！」

「蓮くん！」

制服姿の蓮が手を振《ふ》りながら、ベンチに向かって走ってくる。

「ごめん、待った？」

「ううん、全然」

美悠が微笑《ほほえ》むと、蓮も笑って、美悠の隣《となり》に腰掛《こしか》けた。

学校が終わったあと、二人はここで会うようになった。授業が少し早く終わる美悠が先に来て、今まで直接塾《じゅく》に向かっていた蓮が一度ここに立ち寄るようになったのだ。

塾が始まるまでのほんの少しの時間。二人はベンチに座って、束《つか》の間の休息をとる。それは美悠にとって、とても幸せな時間だった。

「はい。いつもの」

「ありがとう、あったかい」

蓮がコンビニで買ってきた缶《かん》コーヒーを開けて、ゆっくりと飲んだ。口の中にほろ苦くて甘《あま》い味が広がり、お腹《なか》の中があたたかくなる。

不思議なことに、あれからキッチンカーは現れなくなった。もちろんあの、謎《なぞ》めいた店主にも会っていない。『魔術師』のカードは、今も大事に机の引き出しにしまってある。

美悠は缶コーヒーを飲みながら、店主が淹《い》れてくれたコーヒーの味と、カップに書いてもらったメッセージを思い出す。

もうあのコーヒーを飲めなくなったのは寂《さび》しいけど、店主は素敵な魔法《まほう》を残してくれた。

ちらっと隣を見ると、こっちを見ている蓮と目が合った。恥《は》ずかしくなって思わず目をそらすと、蓮の声が聞こえてきた。

「受験が終わったらさ。どこか遊びに行かない？　二人で」

「えっ」と美悠は思わず蓮の顔を見る。

心臓がドキドキして、でも嬉《うれ》しくて、美悠は大きな声で答えていた。

「うん、行く！　行きたい！」

にっこり笑った蓮が言う。

「うん。俺も行きたい」

胸の奥《おく》が、コーヒーを飲んだ時のように、じんわりとあたたかくなった。

いつもと変わらない、ひと気のない公園。でも今は一人ではなく、大好きな人と二人で過ごしている。

——マスター。素敵な魔法をありがとう。

隣で微笑む蓮を見て、美悠は心の中でつぶやいた。

『ラブレター Stories』

イラストデータミスのお詫び

この度は『ラブレター Stories』（2025 年 3 月 3 日初版第 1 刷）をご購入いただきましてありがとうございます。本書に一部データの誤りがございました。ここに訂正させていただくとともに深くお詫び申し上げます。

正誤表は下記ＵＲＬよりご確認いただけます。

https://gakken-ep.jp/rd/rd1/loveletterstories_info/

6 GENERAL

# {STORY.06} 将軍

STORY.
06
The General and I

# 僕と将軍

僕は幽霊《ゆうれい》に取り憑《つ》かれている。自分を『将軍《しょうぐん》』と名乗る幽霊だ。
幽霊に取り憑かれるなんて、ありえないと思うだろう？　僕も以前はそう思っていた。
だいたいオバケなんて、全く信じていなかったし……。だけど本当に、幽霊はいたのだ。
今だって僕のすぐ隣《となり》で、偉《えら》そうに腕《うで》を組み、ふんぞり返っているのだから。

初めてそいつが僕の前に現れたのは、数か月前。西洋の鎧《よろい》のようなものを着てマントを羽織り、剣《けん》まで持っているそいつは、昔のなんとか王国の有能な軍人だったらしい。

どこかで見たことがあるような気もするが、思い出せない。

そいつは自分の剣と勇気で、何度も王国の危機を乗り越《こ》えてきたのだという。

そんな「将軍」が、僕に向かって言うのだ。「もっと強くなれ！」と。

小学生の頃《ころ》からずっと、勉強も運動も苦手で、クラスでも目立たなかった僕。友達も数えるほどしかいないし、いわゆる〝陰《いん》キャ〟というやつだ。高校生になっても、このまま毎日、教室の隅《すみ》でひっそりと過ごせればいいと思っていた。もちろん部活などやるつもりもなく、授業が終わると同時にさっさと家に帰りたかった。

それなのに体育の先生に声をかけられ、剣道部《けんどうぶ》に勧誘《かんゆう》された僕は、断ることができずに入部してしまった。だけど竹刀《しない》で叩《たた》き合うなんて、やっぱり僕には向いていない。

何かと理由をつけては部活をさぼっていたのに、将軍が現れてからは僕の静かな日常がめちゃくちゃになった。

「武道を怠《なま》けるとは、けしからん！」

「お前はいつも逃《に》げてばかりではないか！」

毎日のように怒《おこ》られ、おまけに聞いてもいない武勇伝を語りまくってウザいったらない。

そんなある日、さらに面倒《めんどう》なことが起きてしまった。いつも僕のそばでわめいているだけだった将軍が、勝手に僕の体を乗っ取って動き回るようになったのだ。

初めてその現象が起きたのは、体育の時間だった。休み時間に体操着に着替《きが》えようとしたところで、僕の意識が途絶《とだ》えた。そして気づいたら、体育が終わっていたのだ。首を傾《かし》げる僕のもとに、クラスメイトたちが集まってきた。

「相沢《あいざわ》ー、今日のお前すごかったな！　大活躍《だいかつやく》だったじゃん！」

「次の体育も楽しみにしてるからな！」

どういうことだ？　僕は体育の授業を受けた……のか？

さらに首を傾《かし》げる僕の隣《となり》で、将軍が「コホン」と咳払《せきばら》いをした。

「今日はお前の代わりに、私が競技に参加しておいた」

「は？」

「お前があまりにも情けないから、私がお前の体を借りたのだ」

どうやら僕の意識がないうちに、将軍が僕の体を使って体育の授業を受けたらしい。

「か、勝手に僕の体を使ったのか⁉　一体、何したんだよ⁉」

「何って、ただ戦っただけだ。私はいつでも有能な戦士だ。以前の戦《いくさ》で、私は軍の先頭に立ち、数々の敵をなぎ倒《たお》して進み……」

「はいはい、わかった、わかった。その話はもう、飽《あ》きるほど聞いたよ」

ため息をついた時、チャイムが鳴った。将軍が張り切って動き回ったみたいで、なんだかだるい。乗っ取られると、異様に体力を消耗《しょうもう》してしまうようだ。

――次の授業、受けたくないなぁ……。

「何をだらけておる！　さっさと支度《したく》をしないと、次の学問に遅《おく》れてしまうぞ！」

将軍の威勢《いせい》のいい声が響《ひび》いて、僕はもう一度、深いため息をついた。


しかしそれからも、僕の体は将軍にしょっちゅう乗っ取られるようになった。

「今日の試験は私が代わりに受けておいたからな」

「えっ、嘘《うそ》だろ！　また勝手に乗っ取ったな！」

「問題ない。読み書きは子どもの頃《ころ》から習っている」

どうやら将軍は頭も良いらしく、テストは満点。先生や親から「よくやった」と褒《ほ》められた。体育の授業でも大活躍で、なぜか僕はヒーローのようにもてはやされている。

でも僕の心は複雑だ。だってテストを受けたのも、体育で活躍したのも、全部将軍なんだから。

「お前はまだまだ修行が足りん。私のように強くなるまで、特訓が必要だ」

「特訓なんか、いらないよ！　別に強くなんかなりたくないし！」

そう言っても、将軍は僕から離《はな》れてくれない。そもそもなぜ僕なんかに取り憑《つ》くのか、さっぱりわからない。

ある日の休み時間、僕はカバンの中からメロンパンを取り出した。僕はメロンパンが大好物で、お弁当の時間まで待ちきれず、時々休み時間にこっそり食べてしまうのだ。

今日もメロンパンを食べようとして、ふと気がついた。

「あれ……もしかして」

僕はちらっと将軍を見る。将軍はいつでも僕の隣《となり》にいる。もちろん周りのみんなには、見えていないのだけれど。

「なんだ？」

「いや……」

次は体育の授業だ。もしかしたら今日も僕は、将軍に乗っ取られるかもしれない。

「よし、試してみよう」

僕は思いっきり、メロンパンをかじる。ごくんと飲み込《こ》んだ瞬間《しゅんかん》、意識が途切《とぎ》れた。

「将軍……また乗っ取っただろ？」

気づくと体育は終わっていて、僕はさらにヒーローになっていた。

「問題ない。私は今日も勇敢《ゆうかん》に戦った」

「僕は目立ちたくないんだよ！　ていうか、もう将軍は僕を乗っ取れないぞ！」

「なぜだ？」と将軍が不思議そうな顔をする。

「わかったんだよ！　僕がメロンパンを食べると、将軍が僕の体を乗っ取る。だからメロンパンを食べなければいいんだ！」

「ふむ。しかしそんなことは可能なのか？」

将軍の言葉にはっとする。僕はもう二度と、大好きなメロンパンを食べられないのか？

——そ、そんなの嫌《いや》だ！

将軍に乗っ取られるのは嫌だけど、メロンパンを食べられないのはもっと嫌だ。

「好物を食べられないのは辛《つら》いだろう。そんなに無理をしなくとも、私が代わりに戦っておくぞ？　そういえばもうすぐ大事な試験もあるのだろう？」

そうだ。もうすぐ定期テスト。将軍に受けてもらえば、満点が取れるかもしれない。

「しょ、しょうがないな。じゃあ、あと少しだけ……この体を使わせてやるよ……」

せめてテストが終わるまでは、将軍に身代わりを頼《たの》むとするか……。

しかしテストが終わったあとも、僕と将軍の関係は変わらなかった。

「次回の試験範囲《はんい》は広いからな。今から試験勉強もやっておいたほうがいい」

「はいはい。わかってるって」

とは言いつつ、次のテストも将軍に受けてもらおうと思っている。だって将軍が受けてくれたテストはやはり満点で、書く文字も僕とは違《ちが》って達筆。僕はクラスのみんなから、「すごい！」と言われるようになってしまったからだ。ここまで来たら……もう後には引けない……よな？

あいかわらず将軍はうるさいけど、僕は体育の時間やテスト中、さらには部活の時間まで、将軍に代わってもらうようになった。どうやら将軍は、剣道《けんどう》が得意中の得意のようだ。体を使われるのは嫌《いや》だけど、みんなに褒《ほ》められるのは気分がいい。それにやっぱり、メロンパンはやめられないのだ。

「今日も将軍に任せるよ」

部活の前、僕は今日もメロンパンを食べる。

「仕方のないやつだな。ならば私が代わりに戦っておこう」

「よろしく」

将軍いわく「勇敢《ゆうかん》に戦っている」らしいし、嫌な部活に出なくていいのは好都合だった。

そんな僕が、ある日突然《とつぜん》、初めての恋に落ちた。相手は同じ図書委員の女の子だ。図書委員の僕は、週一回、図書室で貸し出しの仕事をしている。その日は僕の当番ではなかったけれど、急に用事ができた先輩《せんぱい》に頼《たの》まれて、貸し出しカウンターの仕事をすることになった。本当は帰りたかったのに、断り切れない自分が情けない。

その時、一緒《いっしょ》にカウンターに座ったのが彼女だったのだ。

白い肌《はだ》に、つやのあるストレートの髪《かみ》。優しく微笑《ほほえ》む彼女はとても魅力《みりょく》的で、僕は一目で好きになってしまった。しかし、バスケ部に所属しているスポーツもできる彼女は、明るく活発で誰からも好かれている人気者。そんな彼女となんの取り柄《え》もない僕が、くっつくなんてありえない。

結局その日の当番が終わるまで、僕は彼女の名前さえ聞けなかった。

「情けないことを言うんじゃない！」

ついそれを将軍に話してしまったら、案の定叱《しか》られた。あぁ、言わなきゃよかった。

「まだ何もしていないのに、あきらめるとは何事だ！　それにあの子は、かなりの美少女ではないか。かつて私の愛した人にとても良く似てい……」

「え？　愛した人？　将軍って前世に好きな人がいたの？」

将軍は珍《めず》しく顔を赤くして、コホンと咳払《せきばら》いをしてから言った。

「とにかくあきらめるのはまだ早い」

「いいんだよ。僕なんか無理に決まってる」

彼女の周りにはいつも、男子も女子もたくさん集まっている。みんなイケてる人たちだ。

あんなやつらと僕が張り合ったって、勝てる見込《こ》みなんて全くない。

「お前はそういうところが駄目《だめ》なのだ！　ならば私が代わりに戦うぞ！　戦って、彼女を振《ふ》り向かせてみせるのだ！」

「そ、それだけはやめてくれ！」

僕は将軍に向かって叫《さけ》んだ。

そんなことまで任せたら、いよいよ何をされるかわからない。

「絶対そんなことするなよ！　この体は僕のものなんだ！　だいたい将軍は、いちいちうるさいんだよ！　いつも偉《えら》そうにしてるけど、なんでも完璧《かんぺき》にできるのかよ？」

「……」

――あれ、ちょっとはへこんだのかな？

将軍は珍しく、何も言い返さなかった。


翌日の放課後、図書委員会があった。僕は遠くの席から、彼女の姿を見つめる。隣《となり》の席が空いているけれど、僕なんかが座ったら迷惑《めいわく》だろうと思ってあきらめた。

『まだ何もしていないのに、あきらめるとは何事だ！』

将軍の声が頭に浮《う》かび、僕はその言葉を頭から追い出す。

「それでは今、名前を呼ばれた委員さんは、このあと本の整理をお願いします」

委員会は終わったのに、指名された人は残って仕事をしなければならないらしい。

「ごめん、俺、今日はちょっと……」「私も用事があるの、ごめんねぇ……」

そう言って、みんながこそこそと帰っていく。いつの間にか僕だけが、押《お》しつけられる形になってしまった。うんざりしていた僕に、将軍の怒鳴《どな》り声が聞こえた。

「だらだらするんじゃない！　嫌《いや》な仕事をみんなが避《さ》けたら、誰がやるというのだ。戦士ならば、みんなのために、率先《そっせん》して仕事を行うべきではないのか？」

「はいはい、わかったよ。なんだよ、昨日はおとなしかったのに」

また始まった将軍の説教に、深くため息をついた時、後ろから声をかけられた。

「私も手伝うね」

見ると僕のそばで、あの彼女が微笑《ほほえ》んでいるではないか！

「一人じゃ大変でしょう？」

「あ、いや、そんな……」

「さっさと終わらせて、私たちも早く帰ろうよ」

もう一度にっこりと、彼女が微笑む。

「は、はいっ」

声が裏返った僕は、あたふたとそばにあった本を手に取った。


その日は彼女と二人で、本の整理をした。

「君って、おもしろい人だよね」

「えっ、僕のこと？」

彼女はくすくす笑いながら、僕に言う。

「時々、誰かとしゃべってるみたい。そばに誰もいないのに」

――ヤバい。将軍としゃべっているところを見られていたのか。サイアクだ。

そういえば将軍は幽霊《ゆうれい》で、僕以外の人は姿も見えないし、声も聞こえないのだ。

「それにすごく運動神経がいいんだね。体育の授業見てたよ」

「えっ！」

それは僕だけど僕じゃない。僕に乗り移っている将軍だ。

彼女はイケてる友達と話す時と同じように、僕に接してくれる。思ったよりもずっと気さくで、優しい人だ。ただ完全に僕のことを誤解している。急に複雑な想《おも》いが押《お》し寄せた。

「私、二組の春野叶美《はるのかなみ》っていうの。君の名前は？」

「僕は……相沢です。一組の相沢壮介《そうすけ》」

「相沢くんね。これからよろしく！」

彼女の声が、二人（と将軍）だけの図書室に響《ひび》いた。


その日家に帰ると、僕は制服のまま、自分の部屋でぼうっとしていた。

――あの子と二人きりでしゃべったなんて……なんだか夢を見ているみたいだ……。

春野さんの声や笑顔を思い出したら、自分の想いを抑《おさ》えきれなくなった。僕は机の引き出しからノートを取り出すと、一枚破き、思いのままにシャーペンを走らせる。

【僕は春野さんのことが好きです。一目見た時から、好きでした】

気づけば手紙のようなものを書いていて、ふと我に返る。

「な、何書いてるんだ、僕は！　これじゃラブレターみたいじゃないか！」

僕は頭を抱え込《こ》んだ。少ししゃべったくらいで浮《う》かれるなんて、どうかしている。それに春野さんは誤解しているんだ。彼女が見ていたのは僕じゃなく、将軍なのだから。

胸の中に、もやもやした想《おも》いが広がっていく。

「それは恋文《こいぶみ》だな？」

声が聞こえてはっとする。将軍が腕《うで》を組み、僕の書いた文字をじっと見下ろしている。

僕はとっさに、紙を丸めて制服のポケットの中に突《つ》っ込んだ。

「どうしたのだ？　渡《わた》さないのか？」

「渡すわけないだろ？　僕なんか相手にされないに決まってる」

「何もしないで逃《に》げるなど、私が許さん」

胸の奥《おく》がかっと熱くなり、立ち上がった僕は、机の上にあったノートを床《ゆか》に叩《たた》きつけた。

「うるさいな、将軍は！　いつもいつも偉《えら》そうに！　もう僕はメロンパンを食べない！

僕の体は使わないでくれ！」

　面倒《めんどう》なことを代わりにやってくれるのは助かっていたけど……いちいち口出ししてくる将軍には、もううんざりだ！

　むかむかした気持ちで足元に落ちたノートを見下ろし、ふと気づく。

「……なんだ、あれ」

　しゃがみ込み、ノートからはみ出ているものを手に取った。それはイラストの描《か》かれてある、一枚の見覚えのあるカード。中世の戦士……いや、一般《いっぱん》の戦士よりもうちょっと位が高そうな……。

「もしかしてこれ……将軍？」

　はっと顔を向けると、将軍と目が合った。イラストとそっくりだ。

　そういえば数か月前、こんなカードを使って遊んだことがある。でもいつの間にノートに挟《はさ》まれていたのだろう。

　確かこのノートを使い始めた頃《ころ》から、僕の前に将軍が現れたんだっけ。

　――まさかこのカードのせいで、将軍が僕に取り憑《つ》いたとか？　だとすると、このカードを捨ててしまえば、もう将軍は……。

将軍がじっと僕を見ていた。僕はその視線から目をそむけ、カードを握《にぎ》りしめる。

「もう僕のことは……ほうっておいてよ」

そうつぶやくと、僕は思い切ってカードを窓の外へ投げ捨てた。


カードを捨てたその日から、将軍の幽霊《ゆうれい》は僕の前から消えた。もう隣《となり》でうるさく言われることはないし、毎日メロンパンを食べても、体を乗っ取られる心配もなくなった。でもなんだかスッキリしないのは、どうしてだろう……。

——部活、さぼったらまずいかなぁ……。

今日は練習試合があるため、必ず来るように先生から言われている。

——将軍がいれば、代わってもらえるのに……。

そこで僕は気づく。僕はやりたくないことばかり将軍に任せていた、ずるい人間だったのかもしれない……だけどすぐに、ぶるぶるっと首を振《ふ》った。

「いや、これでいいんだ！　あんなやついないほうが……」

くすっと笑い声が聞こえて、はっとする。

「相沢くんてば、またひとりごと、言ってる」

「は、春野さん……」

僕に笑いかけた春野さんが「じゃあね」と言って去っていく。

「あ、あのっ、春野さ……」

だけどすぐに春野さんの周りに女子生徒が集まってきて、彼女の姿は見えなくなった。

「そうだよな……」

僕が春野さんと仲よくなれるはずなんてない。

何気なくポケットに手を突《つ》っ込《こ》むと、想《おも》いを綴《つづ》った紙が入ったままだった。僕はポケットの中で、その紙をくしゃっと握《にぎ》りしめる。

『何もしないで逃《に》げるなど、私が許さん』

将軍の声が頭に響《ひび》き、僕はもう一度首を振った。


放課後、なんとか理由をつけてさぼろうとしたのに、顧問《こもん》の先生に見つかって練習試合に出ることになってしまった。人数が足りないから絶対に来い、と念を押《お》されてしまったのだ。そういえば将軍は、剣道《けんどう》が得意だった。いつも剣を持ち歩いているからだろう。だけど僕は剣道なんか嫌《きら》いだ。

『怠《なま》けるとは、けしからん！』

頭の中でまた、将軍が怒《おこ》る。

「くそっ、いつまで僕に取り憑《つ》いてるつもりなんだよ」

文句をつぶやきながら体育館を見まわすと、バスケ部の春野さんの姿が見えた。今日の体育館は、バスケ部と剣道部《けんどうぶ》が半分ずつ使うらしい。

ヤバいぞ、僕の試合を、春野さんに見られる可能性もあるってことか？　なんて考えたけれど、すぐに安心する。春野さんは剣道部のほうは見向きもせず、練習に励《はげ》んでいた。

よかった。春野さんに気づかれないうちに、さっさと負けて終わらせてしまおう。

僕の名前が呼ばれて、しぶしぶ立ち上がる。するとそばの部員から声がかかった。

「相沢！　今日も期待してるぞ！」

振《ふ》り向くと、部員が全員僕を見ている。

「いつもみたいに、思いっきり行ってくれ！」

みんなが僕に期待している。いや、将軍に期待しているんだ。

僕は手にした竹刀《しない》をぎゅっと握《にぎ》りしめる。そして対戦相手の前に立つ。

どうしよう……僕にできるのか？

相手は背が高くて、体格のいい男子だ。いかにも力があり、強そうに見える。

相手が勢いよく向かってきた。怖《こわ》くて目をつぶってしまった僕に竹刀が当たった。

「何やってんだよ、相沢！　ちゃんと動けよ！」

「いつもと全然違《ちが》うじゃないか！」

そんなこと言われても……今まで将軍に任せっぱなしだった僕にできるわけない。

再び相手が構える。足がぶるっと震《ふる》える。もうだめだ。あと一本取られたら負ける。

だったらこのまま逃《に》げ回って、さっさと終わりに……そう思った時、僕の名前を呼ぶ声が聞こえた。

「相沢くん！　頑張《がんば》って！」

春野さんの声だった。ボールを持った春野さんが足を止め、僕を応援《おうえん》してくれている。

「春野さん……」

はあっと息を吐《は》き、呼吸を整えた。ゆっくりと顔を上げ、相手を見つめる。

運動は苦手だ。剣道なんて嫌《きら》いだ。いつもだったら、このまま逃げてしまうところだ。

でも……。

『何もしないで逃げるなど、私が許さん』

将軍はいつだって、そう言ってたじゃないか。きっと僕だって、やればできる。

それに春野さんには、『本当の僕』を見てもらいたい。

「始め！」

合図とともに、僕は何も考えず、ただがむしゃらに足を踏《ふ》み出した。そして強く握《にぎ》った竹刀《しない》を、思いっきり振《ふ》り下ろす。

「めーーんっ！」

パンッ――。

弾《はじ》けるような音がして、いつの間にかつぶっていた目をおそるおそる開く。僕の竹刀は相手の面に、見事命中していた。

「面あり！」

審判《しんぱん》の手が、僕のほうに上がる。体育館に歓声《かんせい》とどよめきが起こる。

呆然《ぼうぜん》としながら振《ふ》り返ると、大きく手を叩《たた》いている春野さんの姿が見えた。

「すごい！　やったね、相沢くん！」

そこでやっと、僕が試合で一本取ったことに気がついたのだ。

「ほんとにかっこよかったなぁ、今日の相沢くん」

その日の帰り、なぜか僕は春野さんと歩いていた。部活のあと、春野さんが僕を待っていたのだ。一緒《いっしょ》に帰ろうって。

「かっこなんてよくないよ……取ったのはあの一本だけで、あとはボロ負けだったし」

「ううん。勇気を出して立ち向かっていったところが、かっこよかったんだよ。相沢くん、いつも活躍《かつやく》してたけど、なんだか今日が一番かっこよかった」

春野さん、いつも見てくれてたんだ。しかも、今日が一番だなんて……。彼女の言葉に、急に胸が熱くなる。

「あ、ありがとう……」

僕の隣《となり》で春野さんがくすっと笑う。

「ほんとのこと、言っただけだよ」

僕は思った。やっぱり春野さんのこと、あきらめたくないって。

「将軍！」

家に帰るなり将軍を呼んだけど、彼はいない。僕が追い払《はら》ってしまったからだ。

「ごめん、将軍！　もう一度、出てきてくれないか？」

自分勝手なのはわかっているけれど、今の熱い気持ちを一番に将軍に伝えたくなった。

僕は窓から捨てた『将軍《しょうぐん》』のカードを捜《さが》し始めた。僕の部屋の下は庭になっている。だからもしかしたらまだ、そのへんに落ちているかもしれないと思ったのだ。

「将軍、僕の話を聞いてよ！　今日、勇気を出して、竹刀《しない》を振《ふ》り下ろせたんだよ！　春野さんとも仲良くなれたんだ！　将軍のおかげだよ！」

僕はそう叫《さけ》びながら、花壇《かだん》の中や植木の間を捜し回る。だけどカードは見当たらない。もちろん将軍の姿も見えないし、返事もない。

「……もう将軍に会えないのか？」

やっぱり嫌《いや》だ。いる時はうるさいと思ったけれど、もう会えないと思ったら急に寂《さび》しさがこみあげてきた。今さら、調子のいいことを言っているのはわかっている。でも、もう一度会いたい。話がしたい。武勇伝だって、何回でも聞いてあげるから……。

その時、強い風が吹《ふ》き、高い木の葉がざわっと揺《ゆ》れた。何気なく上を見ると、木にひっかかっているものが見えた。

――カードだ！

僕は木の枝をつかみ、登ろうとした。だけど足が滑《すべ》って登れない。もちろん木登りなんか、やったことがない。履《は》いていた靴《くつ》を脱《ぬ》ぎ捨てて、もう一度木の枝をつかむ。

——絶対にあきらめないぞ……。

必死になってよじ登り、僕はこの手で『将軍』のカードをつかみ取った。

自分の部屋で、将軍と向き合う。将軍の姿はボロボロだった。もしかすると、カードが雨風を受けてボロボロになってしまったから、将軍までこんな姿になってしまったのかもしれない。

「……ごめん、将軍。僕がカードを捨てたりしたから」

しかもよく見ると、将軍の姿が薄《うす》くなっている。

——まさか……将軍消えちゃうんじゃ……。

幽霊《ゆうれい》は薄くなって、やがて成仏《じょうぶつ》するというのを、漫画《まんが》や小説で読んだことがある。

——そんな……やっと再会できたのに。

「将軍！　聞いてよ。僕、今日、試合で活躍《かつやく》できたんだ。春野さんとも仲良くなれたよ。全部将軍のおかげなんだよ！」

しかし将軍は元気がない。いつもとは違《ちが》う、覇気《はき》のない声でぼそぼそとつぶやく。

「お前はよくやった。勇気を出して立ち向かうことができた。立派なことだ」

「将軍？」

「それに比べて私は、勇気を出すことができなかった。大切な人に想《おも》いを伝えることができないまま、死んでしまった。私はお前が言うとおり、完璧《かんぺき》な人間ではないのだ」

そういえば将軍には好きな人がいたみたいだ。勇敢《ゆうかん》な軍人だった将軍でも、恋愛だけはうまくいかなかったのだろうか。

将軍の寂《さび》しそうな声を聞き、僕は覚悟《かくご》を決めた。

「将軍。僕の体を使っていいよ。将軍のやりたいこと、もう一度やってみなよ。心残りがあるんだろ？」

無念があって幽霊《ゆうれい》になって出てきたんだとしたら、いなくなる前にその無念を晴らしてあげたい。僕はそう思ったのだ。

将軍は少し考えて答えた。

「ある。どうしてもやりたかったことが」

「それをやってみなよ。僕だってできたんだ。将軍だって、きっとできるよ」

将軍はじっと僕の顔を見つめたあと、静かにうなずいた。

翌日の放課後、僕はメロンパンを食べた。時間は将軍が指定してきた。放課後に、何かしたいことがあったのだろう。

気がつくと僕は家に帰ってきていたけど、乗っ取られたせいですごく疲《つか》れていて、そのまま眠《ねむ》ってしまった。そして朝起きてみると、机の上に置いてあったカードはなく、将軍の姿も見えなくなっていた。将軍はカードとともに、消えてしまったのだ。

「将軍……」

僕は誰もいない部屋でぽつりとつぶやく。

「今度こそできたんだろうな？　将軍のやりたかったこと」

きっとできたから……心残りがなくなったから……将軍は姿を消したのだ。

でも将軍のやりたかったことって、なんだったんだろう……。

いつもよりずいぶん早い時間だったが、やることもないので支度《したく》をして、まだ誰もいない学校までの道を歩いた。歩き慣れた道が、なぜか長く感じる。ずっとそばにいた将軍に、もう会えないと思うと、晴れ渡《わた》った空もなんだかどんよりと見えた。それでものろのろと足を動かし、なんとか学校に着くと、下駄箱《げたばこ》の前で春野さんがうつむいて立っていた。

「春野さん？」

僕が声をかけると、春野さんは下を向いたまま、僕に手紙を押《お》しつけてきた。

「……こ、これ！　昨日の返事！」

そしてすぐに背中を向け、恥《は》ずかしそうに廊下《ろうか》のほうへ逃《に》げていく。

「昨日の返事って……」

どういうことだ？　昨日、将軍が手紙でも渡《わた》したのだろうか？

「ま、まさか！」

あわてて制服のポケットに手を突《つ》っ込《こ》む。以前ノートを破いて書いて、捨てようとした紙がなくなっている。もしかして将軍は、あれを春野さんに渡したのか？

『大切な人に想《おも》いを伝えることができないまま、死んでしまった』

将軍はそう言っていた。しかも春野さんが、かつて好きだった人に似ているとも……まさか将軍は、最後にどうしてもやりたかった愛の告白を、間違《まちが》って春野さんに？

おそるおそる春野さんの手紙を開くと、こう書いてあった。

【私も相沢くんのことが好きです。結婚《けっこん》はまだ早いけど、付き合うならいいよ】

「け、結婚？」

ちょっと待て。【春野さんのことが好きです】とは書いたけど、【結婚してください】とまでは書いてないぞ？　もしかして将軍が、余計な一文を加えて渡したというのか？

「いやっ、違うだろ、将軍！　渡すなら自分の好きな人だろ！　いくら春野さんがその人に似てるからって、なんで勝手に僕の姿で渡しちゃうんだよ！」

——いや、もしかすると将軍が僕の体を乗っ取ったのは、最初から自分の無念を晴らすためだったのかもしれない。

僕はふとそう思った。

——なんだよ。それならそうと早く言ってくれればいいのに。

僕は半分あきれながらも、彼女の言葉を思い出す。

【私も相沢くんのことが好きです】

春野さんも、僕のことが好きだと言ってくれたのだ。あの手紙を渡せたおかげで。

「まぁ……いっか」

——将軍……ありがとう。

将軍とはケンカばかりだったよな。ほっといて、なんて言ってごめん。

でも今になって気づいたんだ。将軍は僕にとって、なんでも話せる大切な友達だった。

将軍に会えてよかったよ。僕は今、感謝の気持ちでいっぱいなんだ。

「春野さん！　待って！」

大きな声で叫《さけ》び、春野さんを追いかけた。将軍が勇気を出したなら、僕だって勇気を出そう。立ち止まり、振《ふ》り返った春野さんの目を見て僕は伝える。

「春野さん！　僕と付き合ってください！」

一瞬《いっしゅん》きょとんとした春野さんが、ふわっと笑顔になる。でもすぐにぷっと噴《ふ》き出し、おかしそうに笑い始めた。

「相沢くん！　どうしたの、その顔!?　何か書いてあるよ！」

「え？」

わけがわからず、そばにあった廊下《ろうか》の窓に顔を映す。おでこには将軍の達者な字が書いてある。

【ありがとう】

まさか。将軍が僕に伝えたくて書いたのか？　だからってなんでこんなところに！

「おい、将軍！　いい加減にしろ！」

僕は思わず空に向かってツッコむ。春野さんが不思議そうに首を傾《かし》げている。

窓の外の青空の向こうで、高らかに笑っている将軍の声が、聞こえたような気がした。

7 7

MINISTER

MINISTER

# {STORY.07} 大臣

STORY. 07

Just a Little Courage

# ほんの少しの勇気

教室のあちこちで楽しそうに話している声を、小野田果奈《おのだかな》は教卓《きょうたく》の前《まえ》に立ったまま眺《なが》めていた。思い思いに各々《おのおの》がやりたいことを口にしてはいるけれど、なかなか先には進まない。時計を見ると、残り時間はあと三分しかない。このままだと何も決まらないまま、ロングホームルームの時間が終わってしまう。

「えっと、それじゃあそろそろまとめたいって思うんだけど……」

先ほどまでの賑《にぎ》やかさから一転して、教室は静まり返ってしまう。やりたいと思うことやれることには乖離《かいり》がある。みんなそれをわかっているから、いざ提案となると黙《だま》り込《こ》んでしまうのかもしれない。この先、どう進めていいのかわからないまま立ち尽《つ》くしていると、チャイムの音とともに教室のドアが開き、担任の先生が戻《もど》ってきた。

「話し合いは進んだか？　焦《あせ》る必要はないがそろそろ決めろよ。……小野田、ちょっと」

「は、はい」

唐突《とうとつ》に名前を呼ばれた果奈は、心臓が大きく脈打つのがわかった。

「頼《たの》んだぞ、委員長。お前が中心になってクラスをまとめるんだからな」

励《はげ》ますように言われ「がんばります」と、小さな声で返事をしながら果奈は頷《うなず》いた。

（そうだ、委員長なんだから。もっとしっかりしなくちゃ、がんばらなくちゃ）

しっかり者でなんでもそつなくこなす優等生。それが周りから見た果奈の姿だった。

高校二年生になり学級委員長に選ばれると、断ることもできないまま引き受けることとなった。本当は自信なんて全然ない。でもそんな果奈の思いを、きっと誰も知らない。


翌日、気持ちを切り替《か》えて、果奈は家の近くにある『菓子工房《かしこうぼう》フルール』――通称〝フルール〟へと向かっていた。

先々週から通い始めたお菓子教室。きっかけは怪我《けが》で行けなくなった母の代わりだった。

事前に申し込んでいたお菓子教室をキャンセルするという母に「私が代わりに行きたい」と頼み込んだ。母は少し渋《しぶ》っていたけれど普段、頼み事なんてしない果奈の「どうしても行きたいの！」という熱意に驚《おどろ》き、お菓子教室に行くことを了承《りょうしょう》してくれた。

将来パティシエになりたいと思っている果奈にとって、お菓子教室に通えることは夢に近づくチャンスだった。それもパティシエになりたいと思うきっかけとなった〝フルール〟

で、お菓子《かし》作りを教えてもらえるとあって、教室に向かう果奈の足取りは自然と軽くなる。

「こんにちは」

挨拶《あいさつ》をして教室に入ると、果奈は一番奥《おく》の席に座った。テーブルの向かい側には、教室では唯一《ゆいいつ》の男性受講者である花村敦志《はなむらあつし》の姿があった。グループで参加している人が多い中、一人で参加している者同士、果奈と花村は前回も同じテーブルだった。

和気あいあいとした教室に〝フルール〟のパティシエであり、このお菓子教室の先生でもある田中千春《たなかちはる》が現れると、騒《さわ》がしかったのが嘘《うそ》のように静かになった。

「それじゃあ今日は、シュークリームを作ります」

明るく弾《はず》んだ声で千春は言うと、今日の手順を説明しながら参加者の質問にテキパキと答えていく。

初めてこのお店を知ったのは一年ほど前。近くにケーキ屋がオープンしたと聞き、見に行ったその日から、果奈は〝フルール〟と千春のファンになった。

見ているだけで明るい気持ちになる色とりどりのケーキ、知識が豊富でお菓子に対する愛情たっぷりの千春。そんな千春が作るケーキは、一口食べれば幸せな気持ちになれた。

今ではパティシエとしても、リーダーとしても、果奈にとって千春は憧《あこが》れの存在だった。

ふと隣《となり》を見ると、花村も真剣《しんけん》な表情で話を聞きながらメモを取っている。心なしかその頬《ほお》が緩《ゆる》んでいるようにも見えた。

「――楽しいですね」

千春の指示に従い、シュークリーム作りの準備をする花村に、果奈は話しかけた。

三十七歳《さい》の花村と、十六歳の果奈。最初はその年の差に何を話していいのか困ったけれど、花村の穏《おだ》やかな人柄《ひとがら》や聞き上手で話しやすい雰囲気のおかげで、気安くとまではいかないけれど、雑談をできる程度にはなっていた。

「そうですね、凄《すご》く楽しいです」

ニコニコと笑顔で答える花村に、果奈は思わず笑《え》みを浮《う》かべた。

「花村さん、よっぽど好きなんですね」

――お菓子作りが。そう続けようとしたのだけれど。

「なっ、どうして……」

わかりやすく動揺《どうよう》する花村に、失礼なことを言ってしまっただろうかと心配になる。もしかすると、勘違《かんちが》いをさせてしまったのかもしれない。

「あの、花村さん。私、別に千春先生のことを言ったわけじゃ……」

その言葉に、今度こそ花村は顔を真っ赤に染めると、困ったように苦笑した。

「……そんなに、わかりやすいですか？」

「わ、わかりやすいというか……えっと、まあ……ちょっとだけ……」

初めてこの教室で花村を見たときから、果奈はずっと気になっていたのだ。あまりにわかりやすい花村の態度が。以前からの知り合いだと言っていたけれど、それにしても、だ。

果奈の答えにうなだれると「内緒《ないしょ》にしてくださいね」と花村は小さな声で言った。

ボウルに入れた砂糖と卵黄をホイッパーでかき混ぜながら、果奈は花村に尋《たず》ねる。

「ちなみに、聞いてもいいですか？　お二人は付き合ってるとか、ですか？」

「ま、まさか！　その、僕の片想《おも》いです」

手に持ったボウルを落としそうになりながら、花村は慌《あわ》てて否定した。

男性が一人、お菓子《かし》教室に来るなんてよっぽどお菓子好きなんだと思っていたけれど。

「だから、ここに来たんですね」

「はい。少しでも話せたらいいなと思いまして」

花村はバツが悪そうに頬《ほお》を掻《か》いた。

（端《はた》から見ると二人は両想いに見えるのに……）

「想いを伝えたりはしないんですか？」

果奈の言葉に、花村は弱ったように眉《まゆ》を下げると、首を振《ふ》った。

「こういうときどうするべきかわからなくて。どうやって伝えればいいものなのか……」

口ごもる花村に、大人の男の人でもこんなふうに悩《なや》むことがあるのかと、少し驚《おどろ》いてしまう。何か、力になれることはないだろうか。

「……たとえば、手紙を書いてみるとか」

「手紙、ですか？　えっと、それはつまりラブレター、というものですよね」

花村の問いかけに、果奈は小さく頷《うなず》いた。

「伝えたいことがあっても、口に出してうまく伝えられないことってあると思うんです。でも手紙なら伝えたいことを、素直に書くことができるんじゃないかって、思って……」

さきほど、千春の説明を真剣《しんけん》にメモしていた花村の姿を思い出していた。

「ラブレター、か。でも、書いたことないですし、僕に書けるか……」

戸惑《とまど》うように言い淀《よど》む花村に、果奈はおずおずと口を開いた。

「お手伝い、しましょうか？　花村さんさえよければ、ですけど」

花村のためだけではなく、憧《あこが》れの存在である千春のためにも何か役に立ちたかった。

（だって、どう考えても千春先生も、花村さんのことが好きだもん）

果奈の言葉に、少し考えるような沈黙《ちんもく》のあと、花村は小さく笑った。

「それじゃあ、お言葉に甘えて……。よろしくお願いしま……って、あっ！」

ボウルを持ったまま頭を下げたせいで、花村が混ぜていたカスタードクリームは、ほんの少しだけ宙を舞《ま》った。


その日から、毎週土曜日はお菓子《かし》教室へ行き、それから日曜日はカフェでケーキを食べながら作戦会議をするのが『日課』ならぬ『週課』となった。

「――とりあえず、レターセットを買いましょうか」

翌日の日曜日、果奈は花村と文房具店《ぶんぼうぐてん》にいた。

「どんなレターセットがいいと思いますか？」

「そう、ですね。たとえば、千春先生のイメージのものを選んでみるとかどうでしょう？」

頷《うなず》くと、花村は棚《たな》に並んだレターセットを見つめる。その表情は真剣《しんけん》そのものだった。

熱心にレターセットを選ぶ花村を微笑《ほほえ》ましく思い、果奈はそっと売り場を離《はな》れた。ゆっくりと選んでもらうために。

――花村が果奈のもとにやってきたのは、それから五分ほど経《た》ってからだった。

「すみません、お待たせしちゃって。これにしようかと思います」

花村が選んだのは、真っ赤な椿《つばき》が描《か》かれたレターセットだった。

「すごく綺麗《きれい》ですね。この花って椿ですか？」

「はい。あの、凛《りん》と咲《さ》いているのにどこか可愛《かわい》らしい姿が、千春さんと似ている気がして」

レターセットを手に、花村は嬉《うれ》しそうに笑った。千春のことを思い浮《う》かべながら話す花村は、照れくさそうで、それでもって幸せそうな表情をしていた。

購入《こうにゅう》したレターセットを持って、文房具店の近くにあったカフェに入る。二人がけの席に向かい合って座ると、花村は紙袋《かみぶくろ》からレターセットとカードのようなものを取り出した。

「それは？」

「これは、おまけ……ですかね？　なんだろう、ゲームか何かのカードかな？」

見覚えのあるそのカードには、「7」という数字と、「大臣《だいじん》」と書かれた偉《えら》そうな男性の姿があった。

「あ、これ知ってます！『ラブレター』っていうゲームのカードです。でもどうしてこんなのがおまけに……!? 間違《まちが》って紛《まぎ》れちゃったんでしょうか。不思議ですね」

果奈の驚《おどろ》いた表情に、花村も同意するように頷《うなず》いた。

「でも、なんかこの偉《えら》そうな人が味方にいると思うと、なんでもできそうな気がしますね」

言われてみると、そんな気もしてくるから不思議だ。

「『大臣』がついているなら、きっと花村さんのラブレターでの告白もうまくいきますね」

「だと、いいんですが」

頭を掻《か》きながら笑うと、花村はテーブルに広げたレターセットへ視線を向けた。

「こういう手紙を書くのは初めてなので、どう書いたらいいか悩《なや》みますね……。えっと、『いつもお世話に』……じゃなくて『いい天気ですね』……。うーん、これも変だし……」

ボールペンを持ったまま便箋《びんせん》を前に唸《うな》っている花村に、果奈は受け取る千春の気持ちを想像しながら声をかける。

「急に手紙をもらうとビックリしちゃうと思うので『驚かせてしまってすみません』みたいな言葉からはじめるのはどうですか?」

「なるほど。それ、いいですね」

果奈の言葉に頷くと、花村はペンを走らせはじめた。しばらくその姿を見ていたけれど、

（いつまでも見られてたら落ち着かないよね……）

どうしたものかと考えていると、花村が便箋から顔を上げた。

「付き合わせてしまってすみません。待たせている間、退屈《たいくつ》ですよね」

「い、いいえ。そんなことは……。あ、そうだ」

果奈は待ち時間に勉強しようと思って持っていた、英語の問題集を取り出した。

「週明けにテストがあるんです。ここでテスト勉強をしていてもいいですか？」

「もちろんです」

花村は安心したように頷くと、再び便箋に目を向ける。そんな花村から視線を移すと、
果奈もシャープペンシルを手に、問題集を開いた。

こうして、花村がラブレターを書くのを応援《おうえん》するための『週課』がはじまった。

その日、果奈は沈《しず》んだ気分を抱《かか》えたまま、花村とカフェに来ていた。
土曜日はお菓子《かし》教室、日曜日は花村と過ごすようになって数週間。花村のラブレターも
もうすぐ書き終わるというところまで来ていた。なのに、果奈の気持ちは重いままだった。
「どうかしましたか？」

「え？」と果奈は聞き返す。沈《しず》んだ気持ちが顔に出ていたのだろうか。

「昨日から元気がなかったので、心配で。ほら、問題集も進んでないみたいですし」

花村の言葉に、果奈は予習のために持ってきていた手付かずのままの問題集を慌《あわ》てて隠《かく》し、作り笑いを浮《う》かべてしまう。そんな果奈に、花村は心配そうな視線を向けた。

「何かあったのであれば、話してみたら少しは楽になるかもしれませんよ」

「そう……ですね」

果奈はためらいがちに口を開いた。

「今、学級委員長をやっていて……。もう少ししたら準備が始まる文化祭の話し合いを最近ずっとしてるんですが、どうもうまくいかなくて」

金曜日のホームルームのことを思い出すと、胃の奥《おく》が重くなる。どうやってクラスをまとめたらいいかわからず、時間ばかりが過ぎていく。

がんばらなきゃ、どうにかしなきゃ、そんな思いばかりが先走って空回りしていることは自覚している。だからといって、どうしたらうまくいくのかもわからない。

「任せられた以上は、がんばりたいって思ってたんですが……」

俯《うつむ》く果奈に花村は「果奈さん」と呼びかけた。

「責任を持つことは大事ですが、全部を一人で抱《かか》え込《こ》もうとしなくていいんですよ」

「え……？」

果奈は思わず顔を上げた。そんなふうに考えたことなんて、今まで一度もなかった。

「一人で全てなんとかしようと思わず、助けを求めるんです。完璧《かんぺき》に全部一人で成し遂《と》げられる人なんていない。一人でできないことがあると認めて、誰かを頼《たよ》ってもいいんです」

「誰かを頼る……。でも、みんなに迷惑《めいわく》をかけるわけには……」

「それは果奈さんが勝手にそう思い込んでいるだけですよ。それに頼ることは迷惑をかけることにはならないです。現にほら、僕は今果奈さんを頼ってますが迷惑でしたか？」

「そんなこと……！」

迷惑だなんてそんなことあるわけがなかった。頼ってもらえたことで、果奈は花村の、そして千春の力になれていることが嬉《うれ》しかった。

「あ……」

今までずっと人に頼ることが、そして自分の意見をハッキリ伝えることが苦手だった。迷惑をかけてしまうぐらいなら、自分で全部やってしまった方がいいと思っていた。完璧な、みんなが思う優等生でいなきゃいけないと、そう思い込んでいた。でも――。

「完璧《かんぺき》になんてできる人はいないんです。人を思いやれて、その分自分に厳しくて、責任感が強いところは果奈さんのいいところだと思います。でも、今の果奈さんに必要なことは、一人でがんばることでも周りに気を遣《つか》いすぎることでもなくて、きっと『できない自分』を認めてあげて『誰かを頼《たよ》る』ことだと思います」

まっすぐな視線を向けたまま、花村は果奈のために言葉を紡《つむ》ぐ。

「自分自身を変えることは、ほんの少しの勇気さえあれば案外できるものですよ」

その言葉は、果奈の胸の奥《おく》にストンと入ってきた。

(ほんの少しの勇気……)

「なんて、その勇気を出すのが難しいんですけどね」

花村は冷めてしまったであろう紅茶に口を付けると、苦笑いを浮《う》かべる。果奈はそんな花村を見つめながら、言われた言葉を心の中で何度も繰《く》り返していた。


その日の夜、持って行っていたカバンから問題集を取り出すと、見覚えのない手のひらサイズの革のケースがはさまっていることに気付いた。いったいなんだろうと開いてみると、そこには花村の名前が印字された名刺《めいし》が入っていた。カフェで勉強をしていたときに紛《まぎ》れ込《こ》んでしまったのかもしれない。

何気なく中から一枚取り出してよく見ると、花村の名前の上に『株式会社ブルーム・テクノロジーズ代表取締役《とりしまりやく》』と書かれていた。裏面に書かれている事業内容によると、A《エー》I《アイ》ロボットなどを取り扱《あつか》っている会社のようで、果奈も聞いたことのある家庭用ロボットの名前があった。

高校生の果奈にも、代表取締役という役職がどういうものかはわかる。自己紹介では「しがないサラリーマン」と言っていたけれど、本当は――。

（こんな偉《えら》い人、だったんだ……）

普段の花村のイメージとは結びつかない肩書《かたが》きに、果奈は驚《おどろ》きを隠《かく》せなかった。

名刺ケースがなくて、困っているに違《ちが》いない。

果奈は花村に名刺ケースを届けるため、月曜日の放課後、電車で数駅先にあるオフィス街へと向かった。名刺によると駅から歩いてすぐのビルに、花村のオフィスはあるようだ。

見上げたビルの大きさに足がすくむ。高いビルが並ぶこの辺りでも、花村のオフィスが入っているビルは群を抜《ぬ》いて大きかった。勢いで来たものの、果奈の存在はあまりに場違《ばちが》いだ。制服姿の高校生が一人で入れるようなところではなかった。

どうしようかと悩《なや》んでいると、果奈はうしろから誰かに声をかけられた。

「果奈ちゃん？　こんなところでどうしたの？」

「え……千春、先生？」

振《ふ》り返った先にいたのは〝フルール〟の千春だった。どうしてこんなところに、と疑問に思ったのが伝わったのか、千春は手に持ったスポーツバッグを持ち上げた。

「そこのビルに入ってるジムに通っているの。ほら、お店は月曜日が定休日だから」

千春が指差したのは、花村のオフィスが入っているビルの隣《となり》の建物だった。

「果奈ちゃんこそどうしてこんなところに？」

「あ、それが……」

花村の名刺《めいし》ケースのことを千春に話す。ふんふん、と話を聞き終えると、千春は何か思いついたようにパッと顔を輝《かがや》かせた。

「そこのビルよね。私、一緒に行こうか？　受付の人に聞けばわかると思うの」

「いいんですか？」

「ええ。果奈ちゃん一人じゃ行きにくいでしょうし」

「ありがとうございます」

頼《たの》もしい言葉に安堵《あんど》すると、果奈は千春と一緒《いっしょ》に大きなガラス張りのエントランスへと向かった。自動ドアを通り抜けると受付に声をかけ、名前を名乗って花村を呼び出してもらった。

「――すぐに参りますので、少々お待ちください」

受付の女性はどこかに電話をかけたかと思うと、柔《やわ》らかな笑顔で果奈たちに伝えた。

数分後、受付の女性の言葉通り、花村は果奈たちの前にやってきた。いつものラフな格好ではなく、髪《かみ》をきちんと整え、スーツを着こなしていた。

「果奈さんに千春さんまで……。どうしてここが……」

「私は近くでたまたま果奈ちゃんに会っただけで」

「そうだったんですね」

驚《おどろ》いた様子の花村に、果奈は手に持った名刺ケースを差し出した。それを見て、花村は全てを理解したようだった。

「それ……。果奈さんが持っていてくれたんですね。お手数をお掛《か》けして申し訳ないです」

「いえ。あの……、ごめんなさい！　私、勝手に中身見ちゃって」

頭を下げる果奈に、花村は優しい口調で言った。

「自分のじゃない物が入っていたんです。中身を見るのは当然のことですよ」

名刺《めいし》ケースを受け取り、スーツの内ポケットに入れる花村に、果奈は恐《おそ》る恐る尋《たず》ねた。

「花村さんって社長さん、だったんですね。雰囲気《ふんいき》もいつもと違《ちが》ってて、ビックリしました」

果奈の言葉に、花村は困ったように、でも否定することもせず、力なく笑った。

「ええ、まあ、はは……。それより、朝から名刺ケースがなくて困っていたんです。わざわざ届けてくださり、ありがとうございました」

微笑《ほほえ》む花村の笑顔はいつもと同じはずなのに、なぜか急に遠い存在になったような気がした。

「果奈ちゃんが持っていてくれてよかったですね」

「本当に助かりました」

にこやかに話す千春と花村。こうやって二人が並んでいると、改めてお似合いに見える。

(早く花村さんのラブレターを完成させて、千春先生に想《おも》いを伝えてもらわなくちゃ！)

けれどそんな果奈の思いとは裏腹に、花村が苦しい思いを抱《かか》えているなんて、このときの果奈は想像さえもしていなかった。

名刺を届けに行った週の土曜日、花村は初めてお菓子《かし》教室に姿を見せなかった。それでも、もしかしたら日曜日は来るかもしれない。そう思っていつもの時間に、いつも待ち合わせているカフェへと向かった。

（よかった、いた……）

果奈の予想通り、そこには花村の姿があった。けれど、窓際《まどぎわ》の席に座った花村の前にはレターセットはなく、アイスティーだけが置かれていた。

「……花村さん」

テーブルの横に立つと、果奈は花村に声をかける。果奈がやってきたことに気付いていなかったのか、花村は驚《おどろ》いたように顔を上げた。

「果奈さん……」

「何かあったんですか？　昨日お菓子教室にいらしてなかったので、心配してたんです」

向かいの席に座ると、果奈は花村に問いかける。花村は少し困ったような表情を浮《う》かべ、それから目を伏《ふ》せた。

「心配してくださってありがとうございます。何かあったというか……実は、やめようと思ってて」

「やめるって……何を、ですか？」

「お菓子《かし》教室も、告白も」

「どうして、そんな……」

花村の突然《とつぜん》の言葉に、果奈は思わず言葉を失った。先週このカフェで会ったときは、あんなにも前向きだったのに。そんな果奈の問いかけに、花村は静かに答えた。

「千春さんに知られてしまったから……」

「千春先生に……何を？」

いったい何を知られたらお菓子教室も告白もやめることになるのか、見当もつかない。

意味がわからずにいる果奈に、花村は少し迷ったように視線を泳がせた。

「いままでは、肩書《かたが》きや僕の持っているものだけを見て僕自身の中身を見てもらえず、敬遠されることも多くありました。本当はただ不器用なだけの人間なのに」

花村は窓の外の、道行く人たちに視線を向けながら話し続ける。

「でも、お菓子教室や千春さんの前では、ただの『花村敦志』としていることができました。不器用な自分も受け入れてもらえて……。あの場所でだけは、ありのままの僕でいられることが嬉《うれ》しかった。肩書きも何もない、そのままの僕を見てもらいたかったんです。でも、それももう叶《かな》わなくなりました」

肩を落とし、目を閉じると花村は黙《だま》り込《こ》んでしまう。

(花村さんの今の立場を羨《うらや》む人も多いはず……。なのにそんな思いを抱《かか》えているなんて)

果奈は膝《ひざ》の上に置いた拳《こぶし》をギュッと握《にぎ》りしめると、勇気を振《ふ》り絞《しぼ》って口を開いた。

「花村さんがそれほどまでに思い詰《つ》めるくらい、いろんなことがたくさんあったんだと思います。でも、だからってみんながみんなそうだって決めつけないでほしいです」

果奈は千春のことを思い浮《う》かべていた。

「肩書きなんかで判断せずに、花村さんのことをきちんと見てくれる人もきっといるはずです。……それに」

そこまで言って、果奈は言葉を途《と》切《ぎ》れさせた。

(大人である花村さんに、年下の私がこんなことを言うなんて生意気だと思われるかもしれない。でも……!)

果奈は不安になる気持ちを追いやると、まっすぐに花村を見据《みす》えた。

「花村さんはすごいです。肩書きが、じゃなくて今まで花村さんがたくさんがんばってきたことが、です。だから、そんな自分を隠《かく》そうとしないでください。どんな花村さんも全部、花村さんなんですから」

「全部、僕……」

果奈の言葉に、何かを考えるように花村は呟《つぶや》く。そんな花村に、果奈は言葉を続けた。

「先週、私に言ってくれましたよね。『自分自身を変えることは、ほんの少しの勇気さえあれば案外できるもの』だって。あれからずっと考えてたんです。どうやったら変われるんだろう、どんな自分に変わりたいんだろうって」

「答えは、出ましたか？」

「はい。……私は今まで、全部自分でがんばらなきゃって、他の人に迷惑《めいわく》をかけちゃいけないって思ってました。でも、そう言いながらきっと私は、自分の弱いところを人にさらけ出すのが怖《こわ》かったんだと思います」

うまくできない自分を見せて、周りにどう思われるのかが怖かった。ガッカリされるんじゃないかって不安だった。でも——。

「自分の弱いところをちゃんと認めて、できない自分も自分なんだって受け止める。そんな自分になりたいって、花村さんの言葉でそう思うことができました」

まとまりのない果奈の言葉を、花村は優しく静かに聞き続けてくれていた。

「……他の人が、千春先生が、花村さんのことをどう思うかなんて誰にもわからないです。でも花村さんだけは、肩書《かたが》きのある自分も、ありのままの自分も、全部ひっくるめて『花村さん』なんだって、認めてあげてほしいです」

花村だけではない。それは自分自身にも、言い聞かせるための言葉だった。

いつの間にか、目尻《めじり》ににじんでいた涙《なみだ》を、手の甲《こう》で拭《ぬぐ》う。

そんな果奈を見て、一瞬《いっしゅん》目を閉じると、花村は静かに「まいりました」と呟いた。

「果奈さんの言うとおり、一番肩書きに縛《しば》られていたのは僕自身だったのかもしれません」

そしてまっすぐ果奈を見つめると、いつものように柔《やわ》らかい笑《え》みを浮《う》かべた。

「果奈さんの言葉、凄《すご》く響《ひび》きました。……変わりましたね、果奈さんは」

まるで『僕とは違《ちが》って』と言うかのような花村の言葉に、果奈は首を横に振《ふ》った。

「私はまだ何も変わっていません、でも、変わりたいと思えるようになりました。……花村さんの言葉のおかげです。だから、花村さんにも勇気を出してほしいです」

その言葉に花村は、果奈の目を見てくしゃっと笑った。

「果奈さんががんばろうとしているのに、僕ががんばらないわけにはいかないですね」

晴れやかな顔で言う花村にはもう、迷いも不安も感じられなかった。

初めて花村と話をしてから二か月が経《た》った頃《ころ》、ようやくラブレターが書き上がった。お菓子《かし》教室も残すところあと二回だ。これが終われば、もう花村と会うこともなくなる。

「本当に大丈夫でしょうか」

書き上がったラブレターと果奈を交互《こうご》に見ながら、花村は自信なさそうに呟《つぶや》いた。そんな花村に、果奈はしっかりと頷《うなず》いてみせる。

告白はきっとうまくいく、果奈はそう思っていた。なぜならお菓子教室の最中、花村が千春を気にするように、千春もまた花村を気にしていたから。

そしてラブレター作戦は見事大成功——とはいかなかった。

次の週のお菓子教室が終わり、緊張《きんちょう》した面持《おもも》ちで千春を呼び止めた花村は、ラブレターが入っているであろう封筒《ふうとう》を手渡《てわた》した。

「えっ、これって……」

不思議そうな声を上げる千春と花村を、廊下《ろうか》から果奈はそっと見守る。

「カード、ですか？」

花村の渡した封筒を開けた千春の手には、なぜかあの『大臣』のカードがあった。

どこかで入れ替《か》わってしまったのか。焦《あせ》る花村と、首を傾《かし》げる千春の姿が見えた。

「あ、あれ？　おかしいな。こ、これを渡したかったわけではなく……って、あああっ」

千春はきょとんとした顔で、花村を見つめている。

ポケットの中を捜《さが》したりカバンを漁《あさ》ったり、挙げ句ペンケースを落として慌《あわ》てふためいたりしていたけれど、やがて花村は覚悟《かくご》を決めたように千春へと視線を向けた。

「……好きです。僕は千春さんが好きです」

不器用でもまっすぐに、はっきりと思いを告げた花村に、千春は驚《おどろ》いたように目を見開くと、少しの沈黙《ちんもく》のあと表情を緩《ゆる》めた。

「ありがとうございます。私も――」

千春の返事を最後まで聞くことなく、果奈はその場をあとにした。きっと二人はうまくいく。そんな確信を持って。

最後のお菓子教室が終わり、果奈は千春や花村、他の受講生にも挨拶《あいさつ》をして教室を出た。

「果奈さん！」

そんな果奈のことを、花村が呼び止めた。

「手紙のこと、本当にありがとうございました」

「いえ、私は何も……」

「あなたがいなければ、僕は今も自分自身と向き合うことから逃《に》げていたかもしれません」

花村の言葉に、果奈は静かに首を振《ふ》った。

「そんなことないですよ、花村さんならきっと私がいなくても　うまくいったはずです！」

「そうでしょうか……」

「はい。……でも、楽しかったなぁ。お菓子《かし》作りも、花村さんのラブレターのお手伝いも」

この数か月のことを思い出して、不意に寂《さび》しさがこみ上げる。

千春の指導のおかげで、果奈はたくさんのお菓子を作れるようになった。けれど、まだそれだけだ。出会った頃《ころ》と比べて変わった花村のように、自分も変わりたい。一歩踏《ふ》み出したい、と思った。

（でも、本当にできるかな……）

寂しさに引き寄せられるように、小さな不安が芽を出す果奈に、花村は優しく微笑《ほほえ》んだ。

「果奈さんにはいいところがたくさんあります、優しくて、がんばり屋で、誰かのために一生懸命《いっしょうけんめい》になれる。それは全部、果奈さんの素敵なところです」

かけられた言葉に胸がいっぱいになる果奈に、花村は静かに頷《うなず》いて見せた。

「どんなあなたでも、あなたです。一人でがんばれなくても、失敗したとしても、自分自身を否定しないであげてください」

「……はい」

（そうだ、がんばれなくても、失敗しても、どんな自分だって、私、なんだ……）

人に迷惑《めいわく》をかけてはいけない、一人でどうにかしなければいけない。そんなふうに自分自身を縛《しば》り付けてきた鎖《くさり》を、ようやく解くことができた、そんな気がした。

「果奈さん、素敵なパティシエになってくださいね」

「はい、千春先生みたいな……ううん、千春先生に負けないぐらいの素敵なパティシエになります」

いつの間にか追いかけてきていた千春に目をやり、果奈は二人をまっすぐに見据《みす》えて頷くと、背を向け歩き出した。

今度は果奈が勇気を出す番だ。

週明けの月曜日。いよいよ来月に迫った文化祭について、話し合いの時間が再びもうけられていた。

果奈は緊張《きんちょう》の面持《おもも》ちで教卓《きょうたく》の前に立つ。話し合う内容をメモしようと、ペンケースを開けた。すると、その中に入れた覚えのない紙切れと、いつか花村が持っていた『大臣』のカードが入っていることに気が付いた。

不思議に思い取り出すと、その紙に記されていたのはたった二言だけ。

『きっと大丈夫。大臣もあなたの味方です』

差出人の名前も何もない、無機質なメモ、その文字に果奈は胸が熱くなるのを感じる。

相変わらず偉《えら》そうな大臣のイラストにふっと笑《え》みがこぼれた。

『この偉そうな人が味方にいると思うと、なんでもできそうな気がしますね』

いつかの花村の言葉がよみがえる。不器用だけどまっすぐだった花村を思い出し、自然と顔が前を向いて緊張がほぐれた。

「あのね！」

教室中に聞こえるように声を出す。クラスメイトの視線が一斉《いっせい》にこちらを向いた。逃《に》げ出したくなる気持ちをぐっと抑《おさ》え込《こ》むと、花村からの手紙をギュッと握《にぎ》りしめ口を開いた。

「今日中にどうしても決めなきゃいけないの。でも私一人じゃうまくできなくて」

果奈は自分の気持ちを、正直に伝える。

「だから、助けてほしい。何をするかみんなで一緒《いっしょ》に考えたいの」

果奈の言葉に一瞬《いっしゅん》、教室が静まり返る。

まるで全身が心臓になったかのように、鼓動《こどう》がうるさく鳴り響《ひび》く。受け入れてもらえるだろうかと、不安になりながらも前を見据《みす》える果奈の目に映ったのは、果奈の言葉に応えるように笑顔を向けるクラスメイトの姿だった。

「当たり前じゃん！」

「俺、お化け屋敷《やしき》がやりたいんだよね」

「私は――」

「え、ちょっと、待って」

急にたくさんのアイデアが飛び交いはじめる。慌《あわ》ててメモを取ろうとする果奈を見て、一番前の席に座っていた女子が立ち上がった。

「私、黒板に書くよ。ってか、みんなも勝手に喋《しゃべ》ってないで、ちゃんと手を挙げてから喋ろうよ。委員長、困ってるじゃん」

果奈の横に立つと、女子は黒板に向かった。クラスメイトたちの視線が果奈へと向けられる。みんな果奈が口を開くのを待っている。

前を向き、小さく息を吸い込《こ》むと、果奈はクラスメイトに向かって呼びかけた。

「それじゃあ、今度の文化祭についての話し合いをはじめます！」

# { STORY.08 } 姫

STORY. 08
The Letter from the Future

# 未来からの手紙

「なっちゃんは……誘《さそ》わなくてもいいんじゃないかな？」

金曜日の放課後、中学一年の小岩井奈津美《こいわいなつみ》は教室に入ろうとして足を止めた。いつも一緒《いっしょ》にいる仲良しグループ四人のうちの、真凜《まりん》の声が聞こえてきたからだ。

「だってなっちゃん、あんまり行きたくなさそうだったし……」

ドアの前に立ち止まったまま、奈津美は心の中で「違《ちが》う、そんなことない！」と叫《さけ》んだ。

「だからさ、明日の土曜日、三人で行かない？」

「そうだね……」

「じゃあ……そうしようか」

他の二人の声も聞こえた。きっと新しくできた市内のショッピングモールに行く話をしているのだ。奈津美も今朝、「今度行ってみない？」と真凜に誘われた。「うん」とは答えたものの、遠くまで出かける時は親に相談しないといけない。どうしよう……と考えているうちに、真凜との会話はそこで途切《とぎ》れてしまった。

きっと、乗り気じゃないと思われたのだろう。奈津美は物事をじっくり考え込《こ》んでしまうところがあって、そのせいで友だちとの会話のテンポについていけない時がある。

三人が廊下《ろうか》に出てくる気配がした。奈津美は慌《あわ》てて、たった今来たようなそぶりをする。

「あれ、なっちゃん。どこ行ってたの？」

「えっと……英語のノート提出するの忘れてて……職員室に行ってたの」

「そうだったんだ。急にいなくなるから心配しちゃった。早く帰る支度《したく》しておいでよ」

奈津美はきゅっとスカートを握《にぎ》りしめた。

「あの……先帰っていいよ……私まだ、やることあって……」

つい嘘《うそ》をついてしまった。真凛たちは顔を見合わせたあと、「じゃあ、先に帰るね」と、笑顔で手を振《ふ》ってくる。奈津美も手を振り返し、三人の背中を見送った。

真凛は中学に入学して、はじめて仲良くなった友だちだ。親友と中学が離《はな》れてしまい、友だちができるか不安だった奈津美に、真凛は明るく声をかけてくれた。それがとっても嬉《うれ》しくて……真凛と同じ小学校出身の二人ともすぐに仲良くなり、奈津美を含《ふく》めた四人はいつも一緒にいるようになった。

ハキハキとしゃべる真凛と、自分の思いがうまく話せない奈津美。性格は違ったが、人《ひと》懐《なつ》こくて面倒見《めんどうみ》がいい真凛のことは好きだったし、仲良くなれてよかったと思っていた。

でも最近、その関係がぎこちなくなってしまったのだ。

「一緒《いっしょ》に行きたいって、ちゃんと言えばよかったな……」

夕日が差し込《こ》む、誰もいなくなった教室で、奈津美はぽつりとつぶやいた。


「お母さん、明日、友だちの家に泊《と》まりにいってもいい？」

夕食の時間、食事をしている奈津美の隣《となり》から、明るい声が聞こえてきた。四歳《さい》年上の姉、文香《ふみか》の声だ。

「いいわよ。誰のおうち？」

にこにこ微笑《ほほえ》みながら、母が二人の前の席に腰《こし》かける。父はまだ帰ってきていない。

いつも優しい母だけど、実は奈津美と文香の本当の母ではない。奈津美が小さかった頃《ころ》、奈津美たち姉妹を産んでくれた母は、病気で亡くなってしまったから。でも奈津美は本当の母をあまりおぼえていないのだ。おぼえているのは、新しい母がこの家に来る前、姉と二人でいつも留守番をしていたことくらいで……。

「この前うちに泊まりにきた、志乃《しの》ちゃんちだよ。果奈《かな》も来るんだ」

次々と出てくる文香の友人の名前を聞きながら、奈津美は真凜のことを思い出し、そっとため息をつく。なんだか急に、食欲がなくなってきた。

「あれ？　どうしたの、奈津美。元気ないね。学校でなにかあった？」

文香に顔をのぞき込まれ、奈津美は慌《あわ》てて首を横に振《ふ》る。

「な、なんにもないよ」

文香は奈津美とは正反対の、明るくて友だちがたくさんいるタイプ。勉強もできて、夢に向かって頑張《がんば》っていて、弱音を吐《は》くところなんて見たことがない。真凜のことを相談しても、友だちがたくさんいる文香にはきっとわかってもらえないだろう。

「奈津美は友だちと出かけないの？　あ、最近仲良くなった真凜ちゃんとかは？」

文香の声に胸がきゅっと痛んで、奈津美は箸《はし》を置く。

「……もうお腹《なか》いっぱい。ごちそうさま」

そう言って、文香から逃《に》げるように二階へ駆《か》け上がる。

本当は文香が、自分を心配しているとわかっている。小さい頃は困ったことがあると、なんでも文香に相談していた。それなのにいつからか、素直に話せなくなってしまった。

姉のことはすごいと思うのに、そうなれない自分にもやもやして、つい避《さ》けてしまうのだ。かといって真凜のことを相談できる友だちも他にいないし、親に話すのも恥《は》ずかしい。

——明日、真凜ちゃんたちは三人でショッピングモールに行くんだろうな……。

結局誰にも相談できず、気が重くなった。


翌日の土曜日、奈津美は気を紛《まぎ》らわすために、一人で近所の図書館に向かった。

話すのは苦手な奈津美だったが、小さい頃《ころ》から好きなことがある。それは本を読むこと。

本を読んでいる間は、誰とも話さないで済む。なんて答えようかと、慌《あわ》てて考える必要もない。一人で物語の世界に入り込《こ》める時間が、奈津美は好きだった。

緑の木々に囲まれた公園の中にある、古びた洋館のような図書館に入る。

壁《かべ》に蔦《つた》が絡《から》まったレトロな外観も、奈津美のお気に入りだ。

——今日はどの本にしよう……。

いつもは子どもの本のコーナーに行ったり、最近はちょっと大人っぽい小説を読んだりしているのだが……今日は普段と違《ちが》う本棚《ほんだな》も見てみたくなった。

踏《ふ》みしめるとぎしっと音が鳴る床《ゆか》を歩き、館内の一番奥《おく》に向かう。本棚と本棚の間の狭《せま》い通路を進んでいくと、古い本の匂《にお》いが立ち込めて、かすかに聞こえていた物音がふっと消えた。

本棚に並ぶのは、見たことのないアンティーク風な背表紙の本たち。この図書館のことは知り尽《つ》くしているつもりだったのに……急に別世界に迷い込んでしまったみたい。

——こんなところ、あったんだ。

周りを見渡《みわた》しても、誰もいない。秘密の場所を見つけたようで、ワクワクしてくる。

その時ふと、ある本に目が留まった。

「『未来からの手紙』？」

背表紙にはそう書いてある。未来から手紙が来る物語なのだろうか？　手紙って……誰から？　なんとなく気になって、本を手に取ってみる。

古い魔法《まほう》の呪文《じゅもん》でも書いてありそうな、不思議な表紙の本だった。

奈津美はその場に立ったまま、表紙をめくる。すると最初のページに、こんな一文が書いてあった。

『今の気持ちを手紙に書いてこの本に挟《はさ》むと、未来の自分から返事が来ます』

——未来の自分から？　いや、ありえないでしょ、そんなこと。

だけどなぜか気になって、奈津美は本を抱《かか》えて不思議な空間を抜《ぬ》け、机と椅子《いす》が並んでいる場所へ移動する。そこで椅子《いす》に腰《こし》かけ、さらにページをめくっていった。

物語の主人公は奈津美と同じ中学生の女の子。その子は悩《なや》みを抱《かか》えている。その悩みを手紙に書いて本に挟《はさ》み、図書館の本棚《ほんだな》に戻《もど》す。すると次に図書館に来た時、本に返事が挟まっていたのだ。それは未来の自分から来た手紙だった。

物語が気になって、あっという間に読み切ってしまった。

そして本の最後には、最初のページと同じ言葉が書いてあったのだ。

『今の気持ちを手紙に書いてこの本に挟むと、未来の自分から返事が来ます』

小説はほとんどが作り話だ。そんなことはわかっている。いつもだったら本を閉じ、本棚に戻すだけだろう。でも今日は無性に、この文字が気になって仕方なかった。

——もしかして、本当に未来の自分から返事が来たりして……。少し大人になった自分から手紙が来たらおもしろいけど……。

奈津美はバッグの中からノートを出し、一枚破いた。そこにシャーペンで文字を書く。

【はじめまして、未来の私。もしこの手紙が届いたら、返事をください】

最後に今日の日付を書き、紙を半分に折って本の間に挟んだ。

ありえないって思っても、少しだけ、ほんの少しだけ、奈津美は期待していた。

未来の自分になら、友だちとの悩みも話せるかも。そう思ったのだ。

席を立ち、本を元の場所に戻そうとした時、声をかけられた。

「あれ、奈津美ちゃんじゃない？」

「厚樹《あつき》くん！」

そこに立っていたのは奈津美と文香の幼なじみ、永沢《ながさわ》厚樹だった。文香と同じ高校二年生の厚樹は、文香とも奈津美とも仲がいい。奈津美も厚樹となら、わりとうまく話せた。

「図書館で厚樹くんに会うの、めずらしいね」

「うん。今日はちょっと調べものがあって……奈津美ちゃんは本、読んでたの？」

厚樹が奈津美の持っている本を見る。奈津美はうなずいて答えた。

「そうなの。なんかおもしろい本見つけて……」

「おもしろい本？」

「えっ、あっ……なんでもない」

――未来の自分に手紙を書いたなんて知られたら、笑われちゃうかも。

急に恥《は》ずかしくなって本を抱えた奈津美に、厚樹は聞いてくる。

「なんか隠《かく》してるでしょ？　俺にも教えてよ」

——でも厚樹くんなら、バカにしたりしないよね？　小さい頃《ころ》から、そうだったもん。

「えっと……あのね……」

奈津美は周りの人に聞こえないよう、厚樹の耳元に顔を近づけてささやいた。

「この本に手紙を挟《はさ》むと、未来の自分から返事が来るんだって」

「へぇ……未来の自分から？」

「うん。だから試しに、未来の自分に手紙書いてみたの。本当に返事が来るかどうかはわからないけど」

ちらっと視線を上げると、厚樹はやっぱり笑ったりせず、真剣《しんけん》な顔で奈津美を見ていた。

「奈津美ちゃんは、未来の自分に聞いてもらいたい話でもあるの？」

「えっ、あっ、んー……」

奈津美はごまかすように目をそむけた。

「あのっ、私、これ返してくるね。じゃ、またね、厚樹くん！」

「あ、ああ……うん。また」

厚樹に向かって手を振《ふ》ると、本を元の場所に戻《もど》し、急いで図書館をあとにした。

翌日の日曜日、奈津美は朝からそわそわしていた。昨日挟んだ手紙が、ずっと気になっていたのだ。開館時間になり、息を切らして図書館に入ると、昨日の本棚《ほんだな》に向かった。

「……あった」

背表紙に『未来からの手紙』と書かれた本。それは昨日と同じ場所にあった。

そっと手を伸《の》ばし、ちょっとドキドキしながら本を引き出す。ページをめくり、あるところで手を止めた。そこには……。

「手紙だ！」

つい叫《さけ》んでしまい、慌《あわ》てて周りを見まわす。しかしあたりに人影《ひとかげ》はない。奈津美は手紙と本を持って椅子《いす》に座る。そして深呼吸をしてから、桜色の封筒《ふうとう》を開けてみた。中に入っていたのは同じ色の便箋《びんせん》が一枚。ピンクの花と蝶《ちょう》のイラストが描《か》いてある。それと一緒《いっしょ》に、「8」の数字と、「姫《ひめ》」と書かれたカードが入っていた。美しい姫の絵が描かれたそのカードは、未来の自分からのプレゼントのような気もしてきて心が躍《おど》る。

――しかも、なんだかお姉ちゃんに似てるかも。

奈津美は思わず顔をほころばせた。

【はじめまして、過去の私。これからよろしくね】

「う、わぁ……」

だけど便箋《びんせん》を握《にぎ》りしめ、落ち着いてよく考える。

――もしかしたら、誰かのいたずらかも。だって本当に未来の自分から手紙が来るなんてありえないもの。

奈津美はバッグの中からペンとレターセットを取り出した。まさかと思いつつ、家から持ってきたのだ。そして頭を悩《なや》ませながら、若草色の便箋におそるおそる書いてみた。

【本当に未来の私なの？　だったら次の日曜日の晩ご飯は？】

次の日曜日は文香の誕生日だ。未来の私ならきっとわかる。

奈津美は便箋を丁寧《ていねい》に折り封筒《ふうとう》に入れると、本に挟《はさ》んで本棚《ほんだな》に押《お》し込《こ》んだ。


翌日、学校に行くと真凛から「なっちゃん、おはよう」と声をかけられた。いつもと変わらない様子にほっとしながら、集まっているみんなのもとへ行く。

でも心の中では、あの本のことが気になって仕方なかった。だけど今日、図書館はお休みだ。明日にならないと、返事を確認できない。

そんなことを考えていた時、奈津美は気づいてしまった。真凛たち三人の消しゴムが、さりげなくおそろいになっていることに。
――きっとショッピングモールで買ったんだ。
そう思ったけれど、そんなことは聞けない。でもずっと胸の奥《おく》がチクチクと痛んで……
楽しそうに笑っているみんなのそばで、気づかないふりをして笑うしかなかった。

翌日の火曜日、学校が終わって家に帰るとすぐ、奈津美は図書館へ向かった。
あせる気持ちを抑《おさ》えながらページをめくると、桜色の封筒が挟んであった。
――返事が来た！
奈津美はその場に立ったまま、封筒を開け、便箋を開く。
【日曜日のご飯はたしか……ハンバーグとちらし寿司《ずし》のはずだよ】
――ほんとかな……？
その日から奈津美は、日曜日の夕食が気になって仕方なかった。

「うそぉ！」
日曜日。テーブルに並んだ母の作った料理を見て、奈津美は声を上げてしまった。

そこにあったのは手紙の返事通り、ハンバーグとちらし寿司《ずし》だったから。

「ほら、奈津美、早く座って！　今日は私の誕生日なんだから！」

文香にせかされて自分の席に着く。父も母も座っている。

「文香、お誕生日おめでとう！」

「ありがとう！　お父さん、お母さん！」

嬉《うれ》しそうな文香の声を聞きながら、奈津美は手紙のことを考えていた。

――もしかしてあの手紙、本当に未来の私からだったりして。

「奈津美？　どうかした？」

「ううん。べつに」

奈津美の顔を、文香がじっと見つめている。

「ねぇ、奈津美？　この前も聞いたけど、なにか悩《なや》みがあるんだったら……」

「そんなのないよ」

つい顔をそむけてしまった。父と母が不思議そうに奈津美たちを見ている。

「ごめんごめん、変なこと聞いちゃって。さ、食べよ！　ね？」

文香が笑ってみんなに言った。

――お姉ちゃんの誕生日なのに、「ごめん」なんて言わせちゃって悪かったな。

心の中ではそう思うのに、やっぱりその言葉は口に出せなかった。


火曜日の放課後。奈津美は家で書いた手紙を持って図書館に出かけた。

【日曜日のご飯、当たりだった！　本当に未来の私なの？　未来の私は何歳《さい》なの？】

すると数日後、その返事が挟《はさ》んであった。

【まだ信じてないの？　ひどいなぁ。私は十七歳の奈津美だよ！　今は高校生なんだ！】

「へぇー……高校生の私かぁ……」

ちょっとだけ大人になった自分を想像しながら、また手紙を書く。

【高校の勉強は難しい？　友だちはできた？　彼氏はいるの？】

【勉強はけっこう難しいよ。友だちはたくさんできた！　彼氏は……内緒《ないしょ》！】

最初は半信半疑だったけど、不思議と気が合う手紙の相手を、奈津美は徐々《じょじょ》に未来の自分なのだと信じられるようになった。

そしてこんなふうに文通するのが、奈津美の密《ひそ》かな楽しみになったのだ。

そんなある日、奈津美はまた些細《ささい》なことで、文香に冷たい態度をとってしまった。でもすごく後悔《こうかい》して、今の気持ちを手紙に書いてみた。

【またお姉ちゃんの前で素直になれなかった。どうしていつもこうなんだろ】

小さい頃《ころ》はもっと素直に甘《あま》えたり、「ありがとう」と言えたりしたのに。

【お姉ちゃんのことはすごいと思ってるんだ。誰にでも優しいし、言いたいことははっきり言えるし、友だちも多いし。でも私はお姉ちゃんみたいになれない。自分に自信がないの。こんな自分がすごく嫌《きら》い】

すると数日後、いつものように未来の自分から返事が届いた。

【お姉ちゃんみたいになれなくたっていいと思うよ。お姉ちゃんだって、完璧《かんぺき》じゃないし。私だけの良さや、私にしかできないことがあるんだから、もっと自信を持って！】

——私だけの良さなんて、あるのかな？　なんだか全然ピンとこない。

でも『お姉ちゃんみたいになれなくたっていい』という言葉に、少し心が軽くなった。

奈津美はペンを取ると、また手紙を書いた。真凛のことを相談してみようと思ったのだ。

【あのね、私今、友だちの真凛ちゃんとうまくいってなくて。真凛ちゃんとは仲良くしたいって思ってるんだけど、うまく話せないんだ。どうしたらいいのかな？】

ドキドキしながら、その手紙を本に挟《はさ》んだ。

——未来の私は、どんな返事をくれるんだろう。


数日後、また図書館に行き、少し緊張《きんちょう》しながら本を開いてみる。

——返事が来てる！

もうすっかり見慣れてしまった封筒《ふうとう》。早く中を見たくて、今日もその場で開けてみた。

【真凛ちゃんとのこと、手紙で教えてくれてありがとう。うん、よくわかるよ。そしたらさ、今の素直な気持ちを、手紙に書いてみたらどうかな？　口に出すのは難しくても、文章ならゆっくり考えながら書けるでしょ？　いつも未来の私にくれる手紙、気持ちがきちんと伝わってくるもん。やってみて！】

「手紙かぁ……」

つぶやいてから、最後の一文を読む。

【大丈夫！　未来の私は、真凛ちゃんととっても仲良しだよ！】

奈津美は嬉《うれ》しくなった。未来の私が言うように、手紙でなら自分の気持ちを伝えられるかもしれない。小さい頃から本を読むのと同じくらい、文章を書くのも好きだったのだ。

——もしかしてこれが『私にしかできないこと』なのかな？

その日奈津美は家に帰ると、真凛に向けて、丁寧《ていねい》に手紙を書いた。


翌日の放課後、奈津美は思い切って真凛に手紙を差し出した。

「真凛ちゃんにお手紙書いてみたの！　よかったら、家に帰ってから読んで！」

真凛は不思議そうな顔をしながらも、「わかった」と言って受け取ってくれた。

手紙には普段言えない気持ちを、一生懸命《いっしょうけんめい》考えて書いた。

はじめて声をかけられた時、嬉《うれ》しかったこと。いっぱいおしゃべりしたいけど、考えるのに時間がかかって、すぐに言葉が出てこないこと。ショッピングモールも、一緒《いっしょ》に行きたいと思っていること。もっともっと、真凛たちと仲良くなりたいと願っていること。

「急に手紙なんか渡《わた》して、変に思われたかな？」

家に帰って心配になってしまったが、奈津美は未来の自分の言葉を信じることにした。

翌朝、奈津美が教室に入ると、真凛が水色の封筒《ふうとう》を差し出してきた。

「昨日はお手紙ありがとう。私も書いてみたんだ！　家に帰ったら読んでみて」

「あ、ありがとう」

まさか返事をもらえるとは思っていなくて、びっくりした気持ちと嬉しい気持ちが混ざり合い、その日は一日中そわそわしてしまった。

家に帰るとすぐに、真凛からの手紙を読んだ。

【なっちゃんの気持ち、よくわかったよ。すぐに答えられないことだってあるよね。なっちゃんが行きたくないなら誘《さそ》っちゃ悪いかなって思って、この前は三人で行っちゃったんだ。ごめんね。でも今度は一緒に行こうよ。私もなっちゃんとは、もっと仲良くなりたいと思ってるんだよ。それと、またお手紙ちょうだい。お返事書くよ！】

窓から光が差し込《こ》んで、真凛の丸くかわいい文字を明るく照らした。胸の奥《おく》がじーんと熱くなる。

手紙を書いてよかった。素直な気持ちを伝えられてよかった。

奈津美はペンを持つと、真凛への返事を書きはじめた。

真凛と何度か手紙を交換《こうかん》しているうちに、思ったことを口に出せるようになってきた。

そのうち他のクラスメイトとも会話がはずむようになり、少しずつ友だちも増えていった。

――未来の私のおかげだ！

嬉《うれ》しくなった奈津美は、久しぶりに未来の私に手紙を書くことにした。真凛と仲良くなれたことを報告したかったし、お礼も言いたかったから。

しかし自分の部屋の机に向かった時、気づいた。最近真凛にも手紙を書いていたせいで、便箋《びんせん》を切らしていたのだ。ノートを破って書いてもいいが、それではなんだか味気ない。

――そういえばお姉ちゃん、いっぱいレターセット持ってたっけ。

昔、お手紙交換《こうかん》をして遊んでいたことを思い出し、隣《となり》にある文香の部屋をのぞいてみる。

使っていないレターセットがあれば、ゆずってもらおうと思ったのだ。

「お姉ちゃん？」

ドアは開いていたが、中には誰もいない。机の上にはノートや教科書が開きっぱなしになっている。勉強の合間に、飲み物でも取りにいったのかもしれない。

そっと中に入り、机のあたりを見まわす。たしかこのへんにレターセットが置いてあったはず。そう思いながら、なに気なく開いているノートを見て、ハッと気づく。

「これって……未来の私の字にそっくり……」

思わずノートを手に取ると、間からなにかがひらひらと落ちてきた。

「あっ……」

足元に落ちた紙を拾い上げると、それは桜色の便箋《びんせん》。ピンクの花と蝶《ちょう》のイラストが描《か》いてある、未来からの手紙とまったく同じものだった。

「あれ、奈津美？　どうしたの？」

振《ふ》り返ると、コーヒーカップを持った文香が立っていた。奈津美は文香の前に進み、便箋とノートを差し出す。

「お姉ちゃん……私のこと、騙《だま》してたの？」

文香のハッとした顔を見て確信すると、奈津美は震《ふる》える手で、くしゃっと便箋を握《にぎ》りしめた。

「この便箋で私への手紙書いてたの、お姉ちゃんなんだね？　ひどいよ……」

「奈津美……これは……」

「嘘《うそ》ついてたんでしょ！　お姉ちゃんなんか大嫌《きら》い！」

普段出さない大きな声が小さな部屋に響《ひび》き渡《わた》る。奈津美は便箋とノートを床《ゆか》に叩《たた》きつけると、家を飛び出した。

泣きながら走ってたどり着いたのは、いつもの図書館だった。空はどんよりとした曇《くも》り空。湿《しめ》った風にあおられ、緑の木々がざわざわと揺《ゆ》れている。

奈津美は外のベンチに腰《こし》かけ、心を落ち着けようとしたが涙《なみだ》が止まらない。

――どうしてあんなことしたの？　お姉ちゃん、私のこと、からかっていたの？

ハンカチを取り出そうと、ポケットに手を入れた。すると指先になにかがあたった。

「あ、これ……」

それは最初の手紙に入っていた、『姫』のカードだった。未来の自分からのプレゼントのような気がして、あれからずっとお守りのように持ち歩いていたのだ。

――これだって未来の自分からじゃなくて、お姉ちゃんからだったんだ……。

奈津美にとって文香は、小さい頃《ころ》からいつだってそばにいてくれた人なのに、信じていた人に裏切られたような気がして、奈津美はまた肩《かた》を落とした。

「奈津美！」

顔を上げると、傘《かさ》を持った文香が見えた。慌《あわ》てて追いかけてきたのか、髪《かみ》が乱れている。

「奈津美、ごめんね。本当にごめん。だけど私、少しでも奈津美の力になりたくて……」

いつも明るい文香が、今にも泣き出しそうな顔をしている。だけど――。

「もういいから、私のことなんかほっといて！」

叫《さけ》んだ奈津美の上から、ぽつりと雨粒《あまつぶ》が落ちてきた。降り出した雨が、二人の髪や肩を濡《ぬ》らしていく。文香に似ている『姫』のカードにも、涙のような雨粒が落ちた。

文香は持っていた傘を、奈津美のそばに置いた。そしてなにも言わず背中を向けて、雨の中に消えていった。

それからずっと、文香とは気まずいままだった。

そんなある日、学校でちょっと嬉《うれ》しいことがあった。明日の土曜日、真凜たちと買い物に出かける約束をしたのだ。

——なに着ていこうかな。

クローゼットを開けてみたが、友だちと出かけたことがない奈津美は困ってしまった。

——みんなどんな服、着てくるんだろう。お姉ちゃんに聞きたいけど……。

奈津美が相談すれば、いつも文香は喜んでアドバイスをくれた。でも今は……。

『お姉ちゃんなんか大嫌《きら》い！』

あの日、悲しくて投げつけた言葉と、寂《さび》しそうに去っていった姉の背中を思い出す。

あの言葉は、本心ではない。よく考えれば、こんなふうに真凜と仲良くなれたのは「未来の私」、つまり文香のおかげ。それなのに、お礼のひと言も言えていない。奈津美はひどいことを言ってしまった後悔《こうかい》と、悲しみの狭間《はざま》で揺《ゆ》れていた。

桜色の手紙を引き出しから取り出す。奈津美はそれを見つめてから、またそっと元の場所にしまい込《こ》んだ。


もやもやした気持ちのまま毎日を過ごしていた奈津美は、久しぶりに図書館に向かった。

すると図書館の前のベンチに、見覚えのある二人を見かけた。

――お姉ちゃんと厚樹くんだ……。

文香の話し声が聞こえてきて、思わず木の陰《かげ》に身を隠《かく》した。

「私にとって奈津美は、なんでも話せる特別な存在なんだ」

その言葉に、奈津美は息をのんだ。文香はいつもとは違《ちが》う、沈《しず》んだ声で続ける。

「ほら、うちってお父さんが再婚《さいこん》してるでしょ？　でも新しいお母さんはすごく優しいし、不満なんてまったくないんだ。ただ時々、ふっと寂《さび》しくなっちゃう時があって……」

文香の隣《となり》で、黙《だま》ってうなずいている厚樹の顔が見える。

「昔はね、いつも二人きりだったの。奈津美が私みたいに寂しい思いをしないように、今日はなにを話そうか、なにして遊ぼうかっていつも考えてて……私が奈津美を支えなきゃって、ずっと思ってた……」

——お姉ちゃん……。

「でも最近は、奈津美が前みたいに話してくれなくなって……心が離《はな》れちゃったみたいで寂しかった。奈津美と話したくて、それで私、奈津美に嘘《うそ》ついちゃった」

「いや、あれは、奈津美ちゃんが本の間に手紙入れてるのを見て俺が……」

「ううん。それを聞いて、返事を書いたのは私だもん。私が悪いんだ」

文香の目からぽろっと涙《なみだ》がこぼれた。涙なんか見せたことのない、明るくて、しっかり者の姉。そんな姉の涙を、奈津美ははじめて見たのだ。

「手紙でなら、悩《なや》んでる奈津美の力になってあげられると思ったんだけど……。方法を間違えちゃったみたい……」

文香が目元を拭《ぬぐ》って、無理に笑顔をつくる。厚樹はそんな文香を見つめている。その視線が優しくて、厚樹が文香を大事に思う気持ちが、奈津美にも伝わった。

「それに、今まで支えられてたのは、私のほうだったのかもしれない。奈津美は小さい時からずっと一緒《いっしょ》だったから……。こんな風になったあとに気づくなんて、おかしいよね」

奈津美の頭に幼い頃《ころ》の記憶《きおく》が蘇《よみがえ》ってきた。

あれはまだ、父と三人で暮らしていた頃。よく文香と二人で留守番をしていた。でも寂《さび》しいと思ったことは一度もなかった。いつだって姉は優しかったし、笑わせてくれたし、相談に乗ってくれたし、守ってくれた。そして奈津美自身も、文香の支えになれていたなんて……。

奈津美はポケットから、『姫』のカードを取り出した。

雲の隙間《すきま》から夕日が顔を出し、カードと周りの景色がオレンジ色に染まっていく。穏《おだ》やかな風が吹《ふ》き、図書館の前の木々が優しく揺《ゆ》れる。ベンチに座る二人に背を向け、奈津美は一人で歩き出した。


その日の夜、奈津美は今までもらった桜色の手紙を引き出しから出し、読み返してみた。そこに綴《つづ》られた丁寧《ていねい》な言葉の数々。どれも奈津美を思ってくれているとわかる。

手紙でなら、今の気持ちを素直に伝えられるだろうか。自分にとっても姉は、そばにいてくれるだけで安心する、なんでも話せる特別な存在なんだと。

奈津美はさっき買ったばかりの便箋《びんせん》を取り出し、ペンを持った。そして小さかった頃を思い出しながら、姉に向けて手紙を書く。

【あの時は私もごめんなさい。いつもありがとう。お姉ちゃんは私の憧《あこが》れです】

やっと言えた。これが奈津美の、今姉に伝えたい、素直な気持ちだった。

「あ、そうだ。あれも……」

お守りがわりに持ち歩いていた『姫』のカードを添《そ》えて、丁寧に手紙を締《し》めくくる。

【このカードはお姉ちゃんみたい。これはお姉ちゃんが持っててね】

数日後、学校帰りに偶然《ぐうぜん》厚樹と会った奈津美は、並んで歩いていた。

学校の話を少ししたあと、厚樹が言いにくそうに口を開いた。

「あのさ……『未来の私』になりすますことを勧《すす》めたの、俺なんだ。ほんとにごめん」

厚樹が突然《とつぜん》頭を下げ、奈津美は驚《おどろ》いて立ち止まる。

「でも文香は最初反対したんだ。奈津美ちゃんを騙《だま》すことになるんじゃないかって。でも俺が、きっと手紙でなら文香の気持ちも奈津美ちゃんに伝わると思って……文香が奈津美ちゃんのこと、すごく気にしてたこと知ってたから……」

厚樹が文香をかばおうとあまりにも必死なので、奈津美は思わず笑《え》みをこぼした。

「もういいよ、厚樹くん。私、お姉ちゃんと仲直りしたし。許してあげる！」

ほっとしている厚樹に、ちょっと意地悪してみる。

「ねぇ、人の心配するより、そろそろ自分の心配したら？」

「え、なんのこと？」

「私はお姉ちゃんの妹だよ？　なんでも知ってるんだからね」

びくっとした厚樹の後ろから、明るい声が聞こえてきた。

「奈津美ー！　厚樹！　一緒《いっしょ》に帰ろう！」

オレンジ色の空の下、手を振《ふ》りながら、満面の笑みで駆《か》け寄ってくるのは文香だ。

「うん！　一緒に帰ろう！　お姉ちゃん！」

なぜだか慌《あわ》てている厚樹の隣《となり》で、奈津美も笑顔で手を振った。

文香が嬉《うれ》しそうに、奈津美の隣に並ぶ。

——やっぱり私、いつかお姉ちゃんみたいになりたいな……。

三人で並んで歩きながら、奈津美はそんな未来を思い描《えが》く。

夕日に照らされた三人の影《かげ》が、どこまでも長く伸《の》びていた。

# エピローグ

放課後の教室。窓の外は夕焼けが広がり始め、ガラス越《ご》しに見る景色が淡《あわ》く色づいている。私は机に置いたカバンを手に取りながら、ふと顔を上げた。

「じゃあね」

「うん、また明日」

教室の扉《とびら》に向かう厚樹《あつき》が振《ふ》り返り、軽く手を上げる。

厚樹のことを好きになってから、もう一年以上が経《た》つ。けれど、私たちの関係は相変わらずだった。幼なじみであり、クラスメイト。それ以上のものではない。

それがもどかしい。だけど、彼に気持ちを伝えるのも怖い。この心地よい関係が壊《こわ》れてしまうかもしれないから。

そんな恐怖《きょうふ》に押《お》しつぶされそうになりながらも、私はどこかで自分を変えたいと願っていた。

◇　◇　◇

ある日の朝、果奈《かな》と並んで登校していた。

文化祭で学級委員長として奮闘《ふんとう》した果奈は、最近少し肩《かた》の力が抜《ぬ》けたように見える。

「文化祭も終わって、もう三学期だね」

果奈が小さく伸《の》びをしながら言った。

「ほんとにお疲《つか》れさまでした、学級委員長さん」

私がからかうと、果奈は顔を赤くしながら私の腕《うで》を軽く叩《たた》く。

「もうやめてよ。恥《は》ずかしいから！」

そう笑う果奈の表情が、少し大人びて見えたのは気のせいだろうか。

昇降口《しょうこうぐち》で靴《くつ》を履《は》き替《か》え、渡《わた》り廊下《ろうか》を歩いていると、寝起《ねお》きのような髪《かみ》をした相沢《あいざわ》くんがパタパタと忙《せわ》しなく走りすぎる。彼の口には今日もメロンパンがくわえられていた。

教室に入ると、まどかが窓際《まどぎわ》で外を見ていた。

緊張《きんちょう》した様子で肩をこわばらせている彼女を見て、私は小さく声をかける。

「まどか、大丈夫だよ」

振《ふ》り返った彼女は、一瞬驚《いっしゅんおどろ》いたような顔をしたあと、ふっと笑ってうなずいた。

まどかには、好きな人がいる。そして今日、その人に想《おも》いを伝えると決めたらしい。

——私にできることなんて、ただ励《はげ》ますくらい。

彼女の背中を押《お》す言葉をかけながら、ふと自分のことを考えてしまう。

◇　◇　◇

週末の朝は、平日とは少し違《ちが》う空気をまとっている。

街はまだ静かで、駅へと向かう人々の足音もどこかのんびりしているように感じられる。

私は駅に向かいながら、冷えた空気に手をこすり合わせた。アルバイトのための片道一時間ちょっとの移動にも、もうすっかり慣れた。

電車を乗り換《か》えるために広場を通ると、いつもの風景が広がっていた。

ベンチに腰《こし》をかけて新聞を広げるおじいさん。通りを掃《は》く清掃員《せいそういん》の女性。そして、広場の一角でギターを抱《かか》える青年。

青年の歌声は澄《す》んでいて、そのメロディが広場全体を包み込《こ》むように響《ひび》いていた。

イヤホンから流れていた曲と同じだと気づき、思わず私は口ずさむ。

『新月介護施設《しんげつかいごしせつ》』に着くと、いつもの多目的ルームで、窓の外を眺《なが》める坂口《さかぐち》さんの姿があった。ふと悲しそうに外を眺めることが多かった坂口さんは、ある日を境に明るさを取り戻《もど》した。

「親友のお孫さんに会えたの」と優しい笑《え》みを浮《う》かべる坂口さんの目には、小さな涙のあとがあった。


帰り道、電車に揺《ゆ》られながら、私はスマホをぼんやり眺めていた。

その時、メッセージが届いた。差出人は美悠《みゆ》。

【聞いて！　彼氏できたよ！】

画面に表示された短い言葉を読んだ瞬間、私は思わず声を上げそうになった。慌《あわ》てて口を手で押さえながら、返信を打つ。

【すごい！　おめでとう！】

指を動かしながら、胸の奥《おく》で何かがざわめいた。

私の周りの人たちが次々と変わっていく。動き出して、前に進んでいる。

それに比べて私は――。


電車が降車駅に着き、ドアが開く音が響《ひび》いた。ふとポケットに手を入れると、指先に小さなカードの感触《かんしょく》があった。奈津美《なつみ》が手紙に入れてくれていた『姫《ひめ》』のカードだ。

――このカードはお姉ちゃんみたい。

そう言われたとき、少し誇《ほこ》らしくなった気持ちを思い出す。

でも今の私は、奈津美にとって本当に憧《あこが》れられる存在なのだろうか？

ポケットの中でカードをきゅっと握《にぎ》りしめながら、私は心の中で小さくつぶやいた。

――このままじゃ、だめだ。


翌朝、いつものように教室に入ると、厚樹は窓際《まどぎわ》の席でスマホをいじっていた。

低い日差しが彼の髪《かみ》を照らし、少し寝《ね》ぐせのついた後ろ髪が光を反射している。その何でもない姿にさえ、私はどうしてこんなにも胸がざわめくのだろうと思う。

カバンを下ろし、少し深呼吸をした後、私は彼の席へと向かった。

厚樹の机の横に立つと、彼が顔を上げた。

「おはよう」

柔《やわ》らかな声が、朝の空気に溶《と》け込《こ》むようだった。

私はぎこちなく笑い返しながら、少しだけ目をそらした。どう切り出せばいいのかわからないまま、心臓がドキドキと高鳴る。

「……今日の放課後、屋上に来て。待ってるから」

思い切って口に出した声は、自分でも驚《おどろ》くくらい小さかった。

それでも厚樹には届いたようで、彼は一瞬《いっしゅん》、目を見開いた。

「……わかった」

簡潔《かんけつ》にそう答えた厚樹の声からは、いつもの飄々《ひょうひょう》とした雰囲気《ふんいき》が感じ取れなかった。

放課後の赤く染まった日差しが、校舎の屋上に注いでいる。フェンスが光を受けて少し鈍《にぶ》く輝《かがや》き、冷たくなった風が吹《ふ》き抜《ぬ》けるたびに、それが金属音を立てていた。

私は屋上の隅《すみ》に立って、胸のポケットの中に手を入れた。中に入っているのは、丁寧《ていねい》に折りたたまれた手紙。厚樹に渡《わた》すための、たった一枚の手紙。

それを握《にぎ》りしめる手は、小刻みに震《ふる》えていた。

——本当にこれでいいのだろうか。

何度も繰《く》り返した問いが頭の中をよぎる。

けれど、ここまで来てしまった以上、後戻《あともど》りはできない。できるはずがない。

遠くから足音が聞こえてきた。

その足音は屋上のドアの向こうで止まり、やがてドアが音を立てて開いた。

「……文香《ふみか》？」

厚樹が現れた。光を背にしたその姿は、なぜだか大人びて見えた。

私は息を吸い込《こ》み、無理にでも笑顔を作ろうとした。

「来てくれて、ありがとう」

自分で言いながら、声が震えているのがわかった。

厚樹は少し首を傾《かし》げ、近づいてくる。その仕草があまりにいつも通りで、思わず心臓が跳《は》ねた。

「これ、渡したくて……」

ポケットから取り出した手紙を差し出すと、厚樹は驚《おどろ》いたように一瞬《いっしゅん》固まったが、次の瞬間、丁寧《ていねい》にそれを受け取ってくれた。

「これって……？」

「……ラブレターだよ」

風が少し強く吹《ふ》いて、私と厚樹の髪《かみ》をかき乱す。長い沈黙《ちんもく》が二人を包む。厚樹は手紙を見つめたまま、考え込むような顔をしていた。

その後、ふっと表情が和《やわ》らぎ、彼は私を見た。

「……ありがとう。すっごく嬉《うれ》しい」

その瞬間、ポケットの中にしまっていた『姫』のカードが風に乗って舞《ま》い上がった。

「あっ……！」

カードはひらひらと揺《ゆ》れながら、空高く昇《のぼ》っていく。

厚樹も私も、それを見上げたまましばらく動けなかった。

夕焼けに染まった空の中で小さくなっていくカードを見つめながら、私は心の中で静かに思った。

——あのカードも、またどこかで誰かの背中を押《お》してくれるのかもしれない。

冷たい風が頬《ほお》を撫《な》でる中、私の胸の奥《おく》にあるものが少しずつ溶《と》けていくような気がした。これからどうなるのかわからない。それでも、今はただ、この瞬間《しゅんかん》の清々《すがすが》しさだけを感じていたかった。

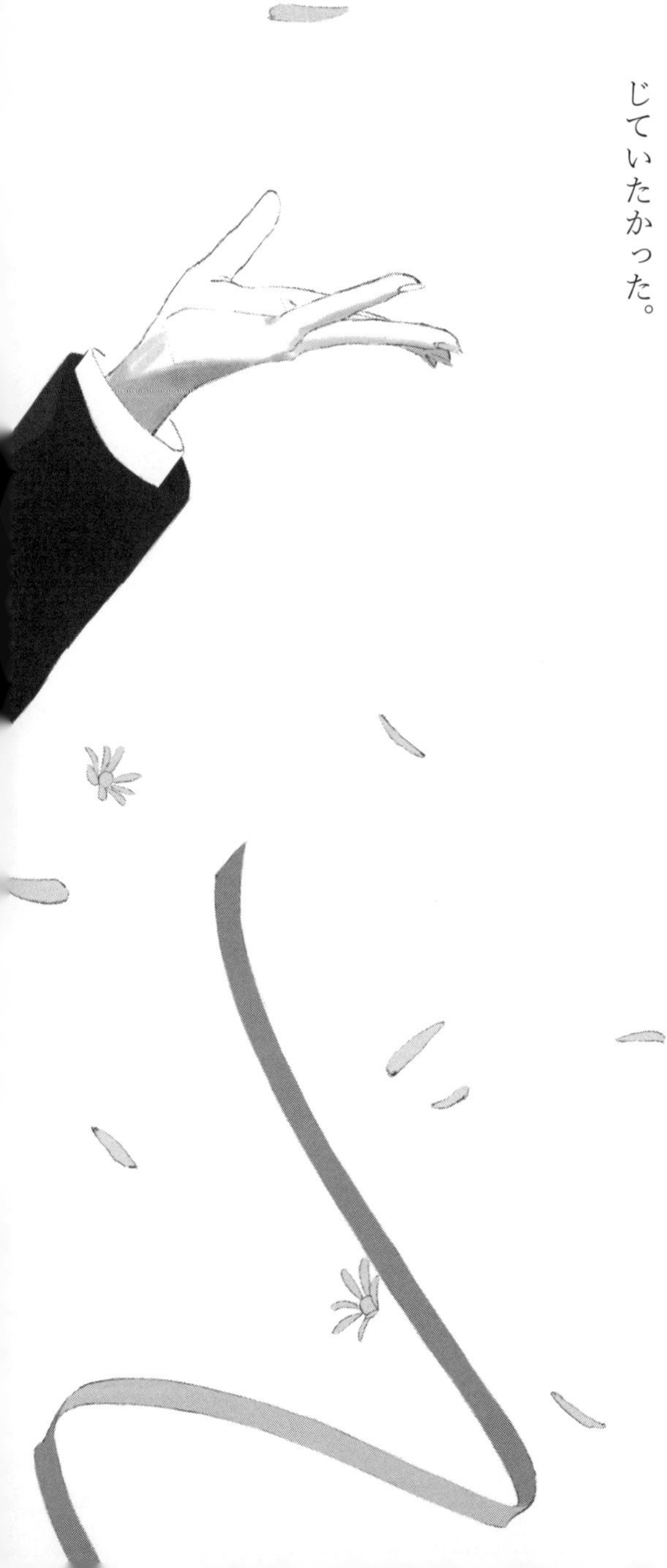

[STORY.01/04/05/06/08] 水瀬さら

何気ない毎日の中で、自分が思ったこと、感じたことを、物語にして伝えていきたい。『あの日、陽だまりの縁側で、母は笑ってさよならと言った』(アルファポリス)でデビュー。著書に『涙の向こう、君と見る桜色』(ポプラ社)などがある。

[STORY.02] 梅野小吹

熊本県出身・福岡県在住。うめのこぶき。略してうめこぶ。2022年『右から二番目の夏』(KADOKAWA)でデビュー。カレーが好き。クマも好き。梅昆布茶は苦手。

[STORY.03/07] 望月くらげ

徳島県出身・大阪府在住。2018年『この世界で、君と二度目の恋をする』(KADOKAWA)でデビュー。水族館が大好き。大水槽の前で佇む時間が何よりの癒やし。

[プロローグ/エピローグ] 蒼山皆水

埼玉県出身。「カクヨム×魔法のiらんどコンテスト」特別賞を受賞し、2020年『もう一度人生をやり直したとしても、また君を好きになる。』でデビュー。

[監修] カナイセイジ

アナログゲームのデザイナー。代表作は、世界的ヒットとなり多数の受賞を果たしたカードゲーム『ラブレター』。日本の「ミニマリズム」を体現する、小箱のゲームを多く手掛ける。

[イラスト] おと

東京都在住。2021年からフリーランスのイラストレーターとして活動を開始。主に植物をモチーフに、煌めく女の子を描く。普段は書籍の装画や挿絵、MVのイラストなどを制作している。

# ラブレターStories《ストーリーズ》

2025年3月11日　第1刷発行

著者　水瀬さら / 梅野小吹 / 望月くらげ / 蒼山皆水

監修　カナイセイジ

発行人　川畑 勝

編集人　芳賀靖彦

企画・編集　内藤由季子

発行所　株式会社Gakken
〒141-8416 東京都品川区西五反田2-11-8

印刷所　中央精版印刷株式会社



◉この本に関する各種お問い合わせ先

[本の内容については]
下記サイトのお問い合わせフォームよりお願いします。
https://www.corp-gakken.co.jp/contact/

[在庫については] TEL 03-6431-1197(販売部)

[不良品(落丁、乱丁)については] TEL 0570-000577
学研業務センター
〒354-0045 埼玉県入間郡三芳町上富279-1

上記以外のお問い合わせは
TEL 0570-056-710(学研グループ総合案内)



学研グループの書籍・雑誌についての新刊情報・詳細情報は、下記をご覧ください。
[学研出版サイト] https://hon.gakken.jp/